자기만의 방

이음문고

목차

1 장

이 에세이는 1928년 10월, 뉴넘대학 예술학회와 거턴대학 문학회 오드타odtaa에서 발표한 강연문에 기반을 두고 있습니다. 전문을 발표하기에는 분량이 너무 많아 강연 내용을 수정, 보충하여 담았습니다.

*

여성과 픽션에 대한 강연을 부탁했는데 왜 자기만의 방에 대한 얘기를 하는 건지 물을 수도 있겠습니다. 그 점을 설명해보려고 합니다. 강연을 부탁받고 강둑에 앉아 여성과 픽션의 의미를 가만히 생각해보았습니다. 어쩌면 프랜시스 버니에 대한 몇 마디 논평, 제인 오스틴에 대한 좀 더 긴 비평, 브론테 자매에 대한 찬사와 그 자매가 살던 눈 덮인 하워스 사제관에 대한 묘사, 미트퍼드에 대한 재담, 조지 엘리엇을 향한 존경 어린 몇 마디 그리고 개스켈 여사에 대해 언급할 수도 있겠지요*.

그러나 다시 잘 생각해보니 여성과 픽션은 그리 간단한 것이 아니었습니다. 여성과 픽션의 의미는, 더불어 이 강연을 요청하며 염두에 둔 의미는 '여성 그리고 여성은 어떤 존재인가?'일 수도 있고, '여성과 여성이 쓴 픽션' 또는 '여성과 여성에 대한 픽션'일 수도 있으며, 이 세 가지 주제는 얽히고설켜 떼어놓기 힘든 만큼 바로 그런 관점에서 이 세 가지 모두를 다뤄야 하는 걸지도 모르겠다고 생각했습니다.

하지만 가장 흥미로워 보이는 마지막 주제에 대해 생각하다가, 치명적인 문제가 있음을 깨달았습니다. 나는 절대로 결론에 도달할 수 없고, 강연자의 첫 번째 의무를 결코 완수할 수 없을 거라는 사실입니다.

* 프랜시스 버니Frances Burney, 1752~1840는 영국의 여성 소설가로서 제인 오스틴에게 영향을 미쳤다. 미트퍼드Mary Russell Mitford, 1787~1855는 영국의 여성 소설가이자 시인이자 극작가다. 조지 엘리엇George Eliot, 1819~1880은 영국 빅토리아 시대의 존경받는 소설가로 본명은 메리 앤 에번스Mary Ann Evans. 개스켈Elizabeth Cleghorn Gaskell, 1810~1865 은 영국의 여성 소설가다.

그 의무란, 한 시간의 강연이 끝나고 여러분이 노트에 적어 갈 순수한 진리를 선물하고, 그것을 벽난로 위에 올려놓고 영원히 간직하게 해주는 것이겠지요. 다만 내가 할 수 있는 게 있다면 사소한 문제에 대한 의견을 내는 것인데요, 여성이 픽션을 쓰려면 '돈'과 '자기만의 방'이 필요하다는 겁니다. 그러니 여러분도 곧 알게되겠지만, 여성의 진정한 본성과 픽션의 진정한 본질이라는 커다란 문제는 미제로 남기게 될 것 입니다.

나는 여성과 픽션이라는 두 가지 문제의 결론을 찾아야 하는 의무를 살짝 미뤄두었습니다. 내게 여성과 픽션은 풀지 못한 문제로 남았습니다. 대신 여러분에게 조금이라도 보상하기 위해 방과 돈에 대한 의견에 도달한 과정을 최선을 다해 보여주고자 합니다. 내가 이런 견해를 갖게 된 일련의 생각들을 여러분 앞에서 최대한 자유롭게, 그리고 충실하게 전개해볼 거예요. 돈과 방에 대한 진술 이면에 숨어 있는 견해와 편견들을 낱낱이 드러낸다면 여러분은 그것이 여성과 픽션하고 어떤 관련이 있는지 찾아낼 수 있을 겁니다.

주제 자체가 대단히 논란이 많을 때(성性에 대한 문제는 늘 그렇죠) 진실을 얘기하기는 참 어렵습니다. 견해가 무엇이든 간에 어떻게 해서 그런 견해를 갖게 됐는지 보여줄 수만 있어도 다행이죠. 실제로는 강연자의 한계, 편견, 특이한 성격을 관찰하면서 청중이 자신만의 결론에 도달하는 기회를 줄 수 있을 뿐입니다.

때로는 허구가 사실보다 진실을 많이 담고 있는 것 같습니다. 그래서 소설가의 모든 자격과 재량을 십분 활용해 여기 오기 전 이틀간의 이야기를 해볼까 합니다. 나는 여러분이 어깨에 얹어준 주제의 무게에 눌려 곰곰이 생각했고, 일상에서도 그 주제가 내내 머릿속을 드나들었습니다. 지금 이야기하려는 것이 허구라는 말은 굳이 언급할 필요도 없겠지요?

옥스브리지는 가공의 대학이고, 퍼넘*도 마찬가지예요. 그리고 '나'는 실존 인물이 아니라 누군가를 편

* 옥스브리지는 옥스퍼드대학과 케임브리지대학을 합한 가공의 대학이고, 퍼넘은 케임브리지대학의 거턴 칼리지와 뉴넘 칼리지를 합한 가공의 대학이다. 거턴은 영국의 최초 여자 대학이었고 뉴넘은 거턴에 이어 두 번째로 여학생을 받아들인 학교이며, 버지니아 울프는 이 두 학교의 이름을 합해 만든 퍼넘이라는 대학을 여성 고등 교육 기관의 상징으로 활용하고 있다.

의상 지칭하는 용어일 뿐입니다. 내 입에서는 거짓이 흘러나오겠지만 그 안에는 진실도 섞여 있을지 모르지요. 그 진실을 찾아내어 그중 간직할 가치가 있는 게 뭔지 판단하는 것은 여러분의 몫입니다. 건질 게 없다면 당연히 제 이야기를 몽땅 휴지통에 던져넣고 싹 잊어버리겠지요.

나(나를 메리 베튼, 메리 세튼, 메리 카마이클 또는 당신이 원하는 어떤 이름으로 불러도 좋아요. 그런 건 하나도 중요하지 않으니까요)는 1, 2주 전 10월의 어느 좋은 날 강둑에 앉아 생각에 잠겨 있었습니다. 여성과 픽션이란 주제에 대한 결론을 찾으려다 보니 온갖 편견과 열정이 걷잡을 수 없이 올라와 고개를 떨구고 말았지요.

양옆의 덤불은 황금빛과 진홍빛으로 빛나며 불의 열기에 타오르는 것처럼 보였어요. 저 멀리 강둑의 버드나무들은 어깨까지 머리칼을 늘어뜨린 채 끝없는 슬픔 속에서 흐느끼고 있었습니다. 강물은 하늘이든 다리든 불타는 나무든 자기가 원하는 대로 무엇이든 비추어 그림자를 만들었지요. 대학생이 배를 타고 수

면에 비친 그림자들 사이로 노를 저어 지나가고 나면 강물은 다시 물길을 닫아 제 모습을 되찾았습니다. 그가 지나간 적조차 없는 것처럼 말입니다. 그런 곳이라면 누구든 시간을 잊고 생각에 빠져들 겁니다.

사색(머릿속에 떠오른 것을 좀 더 그럴듯한 이름으로 부르자면)은 낚싯줄을 물결에 드리웠죠. 그러자 여기저기 강물에 비친 그림자와 수초들 사이로 흔들리며 물결에 몸을 맡긴 채 올라왔다 가라앉았다 하다가(여러분도 어느 순간 줄이 살짝 당겨지는 그 느낌을 알 거예요) 갑자기 그 줄 끝에 생각의 덩어리가 걸리는 느낌이 들었어요. 그 순간 조심스레 줄을 당겨서 가만히 펼쳐놓고 보았습니다. 아, 풀밭에 내려놓고 보니 나의 생각이 얼마나 작고 하찮아 보이던지. 마음 착한 어부라면 한참 더 자라고 살이 오른 후에 잡아야 한다며 다시 놓아줄 만큼 작았죠.

지금 당장은 그 생각이 무엇이었는지 고민하지 않아도 됩니다. 여러분이 주의를 기울인다면 내가 이야기하는 과정에서 저절로 알아챌 테니까요.

그러나 아무리 하찮은 생각이라도 그 나름의 신비

로운 속성이 있는 터라 그 생각을 다시 마음속에 집어 넣으니 무척 흥미진진하고 중요한 것이 되더군요. 이어서 정신없이 움직이다 가라앉았다, 여기서 번쩍 저기서 번쩍 하며 이런저런 발상이 밀려와 소용돌이치는 통에 도저히 가만히 있을 수가 없었어요. 결국 나는 엄청난 속도로 풀밭을 가로질러 걷기 시작했습니다. 그런데 갑자기 웬 남자가 나타나 나를 가로막는 게 아니겠어요. 처음에는 반코트에 셔츠를 입은 특이한 모습으로 나를 향해 손짓한다는 것도 몰랐습니다. 그의 얼굴에는 경악과 분노가 가득했어요.

그때 저를 도운 건 이성보다 본능이었습니다. 그는 학교 관리인이고 나는 여자였던 거죠. 나는 길을 벗어나 학교 잔디를 밟았던 거예요. 잔디는 연구원과 학자들에게만 허용되고 제게 허락된 건 자갈길이었습니다. 그 사실을 금방 떠올린 게 얼마나 다행이었는지. 내가 다시 자갈길로 돌아가자 관리인은 팔을 내리고 편안한 표정으로 돌아갔습니다. 잔디가 자갈길보다 걷기 좋은 건 사실이지만 그렇다고 크게 피해를 본 건 아니었어요. 내가 그 대학의 연구원과 학자들을 원망

할 일이 있다면 그들이 3백 년을 대대로 지켜온 잔디를 보호하려는 통에 나의 작은 물고기가 숨어버렸다는 것뿐이었습니다.

대체 무슨 생각에 빠져 그토록 대담하게 잔디를 침범했는지 지금은 도저히 기억나지 않네요. 그때 평화의 정령이 천국의 구름처럼 내려왔습니다. 평화의 정령이 거하는 곳이 있다면, 쾌청한 10월 아침의 옥스브리지 안뜰이기라도 한 것처럼 말이죠. 옥스브리지를 거닐며 유서 깊은 건물들을 지나노라니 조금 전의 불쾌함이 다 사라지는 것 같았어요. 나의 육신은 그 어떤 소리도 침투할 수 없는 신비로운 유리 상자에 들어가고, 나의 정신은 현실에서 해방되어(다시 잔디밭에 침입하지만 않는다면) 그 순간과 어울리는 사색에 마음껏 빠져들었습니다.

우연히 옆길로 샌 나의 기억은 긴 방학 중인 옥스브리지 방문기를 적은 수필과 함께 그 수필을 쓴 찰스 램을 떠올렸습니다. 영국의 소설가 새커리는 찰스 램의 편지를 이마에 가져다대며 그를 성인 찰스라 칭했다고 하죠. 모든 죽은 자 가운데(나는 지금 생각나는 대로 얘기하고 있습니다) 가장 마음 가는 사람이 찰스 램입니다. '당신의 수필들을 어떻게 쓴 것인지 얘기 좀 해주세요.' 부탁하고 싶은 사람이지요. 그의 수필은 그 완벽하다는 맥스 비어봄의 수필보다도 뛰어나다고 생각합니다. 번뜩이는 상상력과 번개가 치는 듯한 천재성이 그의 작품에 흠을 내고 빈틈을 만든 대신 시를 선사했기 때문입니다.

찰스 램은 아마도 백 년 전쯤 옥스브리지에 왔지요. 제목은 기억나지 않지만 옥스브리지에서 접한 밀턴의 원고를 보고 수필도 썼습니다. 아마도 밀턴의 그 원고는 『리시다스』였던 것 같습니다. 찰스 램은 『리시다스』에 쓰인 단어들이 현재의 시와 얼마나 달랐는지 충격을 받았다고 적었습니다. 찰스 램은 밀턴이 그 시의 단어를 바꿨다는 것 자체를 신성모독으로 본 거죠. 나는 그 글을 읽고 『리시다스』를 기억할 수 있는 만큼 기억해내며 밀턴이 바꾼 단어들이 어느 것인지, 왜 바꾸었는지 재미 삼아 추측해보았답니다.

그 순간 찰스 램이 본 원고가 내가 있는 곳에서 불과 몇 야드밖에 떨어지지 않았다는 사실이 생각났어요. 누구든 찰스 램의 발자취를 따라 교정을 가로질러 그 보물이 보존된 유명한 도서관으로 갈 수 있었던 거죠. 그 생각을 실행에 옮기면서 이 유명한 도서관은 새커리의 『에즈먼드』 역시 보존하고 있다는 게 기억났습니다. 비평가들이 꼽은 새커리의 가장 유명한 소설이 바로 『에즈먼드』입니다. 그러나 나는 18세기 풍을 모방한 수식이 과도한 문체가 감상을 방해한 걸로 기억합니다. 18세기의 문체가 새커리 본인에게는 정말 자연스러운 것이었다면 어쩔 수 없지만 말이죠. 이 문제는 원고를 읽어본 뒤 문장을 수정한 목적이 문체의 개선인지 의미의 개선인지를 살펴보고 판단할 일입니다. 그러자면 우선 문체가 무엇이고 의미는 무엇인지 결정해야겠죠. 그 문제는….

하지만 나는 도서관으로 들어가는 문 앞에 서 있었어요. 머리가 희끗희끗하고 친절한 노신사가 도서관의 수호천사처럼 하얀 날개 대신 검은 가운 자락을 펄럭이며 내 앞을 막아서서 돌아서라는 손짓만 하지 않았다면 곧바로 문을 열었을 겁니다. 하지만 노신사는 여성은 이 대학의 연구원을 동반하거나 초청장을 지참해야만 입장이 허용된다고 유감스럽다는 듯 낮은 목소리로 말했습니다.

웬 여자가 저주를 퍼붓는다 해도 이 유명한 도서관은 눈 하나 깜짝하지 않겠죠. 이 명망 높고 고요한 도서관은 그 보물들을 가슴속에 고이 간직한 채 만족스럽다는 듯 잠들었고, 앞으로도 그럴 겁니다. 그러니 영원히 잠들라고 하겠어요. 나는 계단을 내려오며 다시는 그 메아리를 깨우지 않을 것이고, 다시는 호의를 기대하지 않겠노라고 분노에 찬 맹세를 했습니다.

오찬까지는 한 시간이나 남았는데 그렇다면 무엇을 해야 할까요? 풀밭을 거닐까? 강가에 앉아 있을까? 눈부시게 아름다운 가을날 아침, 나뭇잎이 팔랑팔랑 떨어지며 땅을 붉게 덮고 있었으니 무얼 해도 좋았을 겁니다.

그런데 음악 소리가 귓가에 들려왔어요. 예배나 기념식 같은 게 진행되는 거였죠. 내가 예배당 문을 통과하자 오르간이 장대하고도 애절한 소리를 내더군요. 그 고요한 분위기와 함께 기독교의 비애도 그 슬픔 자체보다는 슬픔을 회상하는 것처럼 아련히 들려오고,

아주 오래된 오르간의 신음마저 평화롭게 밀려들었어요. 사실 나는 들어갈 권리가 있다고 해도 들어가고 싶지 않았어요. 이번에는 관리인이 나를 막아서며 세례증명서나 학장의 소개장을 요구할 수도 있었겠죠.

그리고 이런 장대한 건물은 외부도 내부만큼 아름다운 법입니다. 신도들이 모여드는 모습을 구경하는 재미도 좋았고요. 들어갔다 나오기를 반복하며 예배당 입구에서 이리저리 바삐 움직이는 사람들이 마치 벌집 입구의 벌떼 같았거든요. 모자를 쓰거나 가운을 걸친 사람, 어깨에 털을 두른 사람, 휠체어를 탄 사람 그리고 중년을 넘기지도 않은 나이인데 너무 이상한 모습으로 주름지고 쭈그러들어 수족관의 모래 위에서 힘겹게 움직이는 거대한 게와 가재를 연상시키는 사람도 있었어요. 담벼락에 가만히 기대서서 보니 대학이란 곳은 만약 런던 스트랜드가 한복판에서 생존 싸움을 해야 했다면 멸종되고 말았을 희귀 생물을 보존하는 보호 구역 같았죠.

예전 학과장과 교수들의 이야기가 다시 떠올랐지만 미처 휘파람을 불어볼 용기(휘파람 소리만 들렸다 하면 어느 노교수가 전속력으로 뛰어나온다는 말이 있거든요)를 내기도 전에 덕망 있는 신도들은 안으로 들어가버렸어요. 예배당 바깥은 그대로였죠. 알다시피 예배당은 돔과 첨탑 때문에 배처럼 보일 수도 있어요. 언제나 항해하며 절대로 돌아오지 않는, 밤에는 불을 환히 켜서 멀리서도 보이는, 산 너머 저 멀리 배한 척과도 같이. 짐작하건대 푸른 잔디가 깔린 사각형 안뜰도, 거대한 건물들과 예배당이 있는 자리도 원래는 습지였을 겁니다. 풀이 바람에 몸을 누이고 돼지가 땅을 파며 먹을 것을 찾던 습지.

말과 소들이 먼 곳에서 마차에 돌을 실어 힘들게 끌고 왔을 테고, 내가 지금 서 있는 그늘을 만드는 회색 건물들은 끝없는 노동으로 하나씩 쌓아올려졌을 테고, 그다음에는 도장공들이 창문을 위한 유리를 가져오고 석공들이 지붕 위에서 접합제와 시멘트, 삽을 들고 수백 년간 분주했을 거예요. 그들도 저녁때는 먹고 마시며 쉬기도 했을 테니 누군가는 토요일마다 가죽 지갑에서 금과 은을 꺼내어 그들의 두 손에 쥐어줬겠죠. 계속 돌을 나르고, 땅을 다지고, 고르고, 파내고,

물을 빼내는 석공들의 손을 움직이려면 금과 은을 끝도 없이 쏟아부어야 했을 거라고 생각해요.

하지만 신앙의 시대였으므로 이 기반을 깊이 다지기 위해 돈을 아낌없이 퍼부었을 테고, 건물이 완성된 후에도 찬송가와 학자들의 가르침이 울려퍼질 수 있도록 왕과 왕비와 귀족들의 금고에서 여전히 더 많은 돈이 흘러나왔을 거예요. 그렇게 땅이 기증되고 십일조가 봉헌됐죠. 신앙의 시대가 저물고 이성의 시대가 도래했을 때도 금과 은은 여전히 흘러들었어요. 장학재단이 설립되고 강사 기금이 기부됐죠.

다만 이제는 금과 은이 왕의 금고가 아니라 상공인의 돈궤에서, 제조업을 통해 부를 축적한 사람들의 주머니에서 흘러나왔어요. 그들은 자신이 기술을 배운 대학에 더 많은 의자와 교수직과 장학금을 기부하기 위해 거액을 내놓았죠. 그렇게 해서 수백 년 전 들풀이 물결치고 돼지가 땅을 파던 곳에 도서관과 실험실, 천문대가 들어서고 그 안의 유리 선반에는 값비싸고 정교한 기구와 장비가 자리 잡았습니다.

교정을 거닐면서 보니 옛날의 금과 은으로 다진 기

반은 충분히 깊이가 있어 보이더군요. 들풀 위로는 보도를 탄탄하게 깔았고, 머리에 쟁반을 인 남자들*은 이쪽 계단에서 저쪽 계단으로 부지런히 움직였으며, 창틀의 화분에는 화려한 꽃이 피어 있었어요. 실내에서는 축음기의 선율이 흘러나왔죠. 생각에 빠지지 않을 수 없었습니다. 하지만 무슨 생각을 하든 금방 끝낼 수밖에 없었어요. 시계가 울렸기 때문이죠. 이제는 오찬을 하러 갈 시간이었어요.

소설가에겐 아주 신기한 재주가 있답니다. 오찬 파티가 늘 기억에 남는 이유는 그 시간에 오간 위트 있는 대화나 지혜로운 행동 때문이라고 믿게 만들거든요. 그러나 오찬 음식에 대해선 좀처럼 묘사하는 법이 없어요. 수프나 연어, 오리 고기를 언급하지 않는 게 소설가의 관습인 거죠. 수프와 연어와 오리 고기는 전혀 중요하지 않고 아무도 시가를 피우지 않으며 와인 한잔 마시지 않은 것처럼 말이에요. 그러나 나는 그 관습에 저항하여 이 오찬이 깊고 큰 접시에 담긴 가자미 요리로 시작됐다는 것을 이야기하려고 합니다.

* 교수진과 학생들을 시중들기 위해 고용된 사람들을 가리킨다.

이 학교의 요리사는 그 위에 새하얀 크림을 덮은 뒤 암사슴 옆구리의 반점처럼 밤색 점을 여기저기 찍어 장식했어요. 그다음에는 자고새 요리가 등장했는데, 털 뽑힌 갈색 새 몇 마리가 접시에 덩그러니 놓인 채 등장했다고 생각하면 오산입니다. 다양하고 푸짐한 자고새 요리는 톡 쏘는 맛과 달콤한 맛의 다양한 소스와 샐러드를 곁들여 차례로 등장했어요. 감자는 동전처럼 얇지만 딱딱하지 않았고 새싹채소는 장미꽃 봉오리처럼 잎이 여러 겹이면서도 신선했죠. 구이 요리와 곁들여 나온 접시들을 비우자마자 조용히 시중 들던 사람(어쩌면 교정에서 만난 학교 관리인이 좀 더 온화한 모습으로 냅킨을 두르고 나타난 게 아닌가 싶기도 했는데)이 우리 앞에 설탕이 파도치는 듯한 모양의 디저트를 올려주었어요. 그것을 푸딩이라 부르고 쌀, 타피오카와 연관시킨다면 그 음식에 대한 모욕이 아닌가 생각될 정도였죠.

그동안 와인 잔은 노란색으로, 진홍색으로 채워졌다가 비워지고 다시 채워졌어요. 와인이 등골을 반쯤 타고 서서히 내려가다가 우리의 영혼이 거하는 자리쯤에서 불을 밝히더군요. 입으로 소리 내어 말할 수 있는, 광명이라 부르는 작고 딱딱한 전등 불빛이 아니라 더 심오하고 미묘한 지하의 불빛, 이성적인 교제의 밝고 노란 불꽃이었어요. 서두를 필요도 없었죠. 일부러 발랄할 필요도 없었고요. 다른 어떤 모습을 할 필요도 없이 오롯이 내 모습 그대로이면 됐어요. 우리는 다 함께 천국으로 갈 것이고, 반다이크*도 함께 할 거예요. **달리 말하면 삶은 얼마나 좋으며, 그것이 주는 보상은 얼마나 달콤한 것인지, 원한과 슬픔은 얼마나 부질없으며, 사교계와 우정은 얼마나 경외할 만한 것인지,** 담뱃불을 붙이고 창가 자리의 쿠션 속으로 몸을 깊이 묻으며 생각했답니다.

운 좋게도 가까이에 재떨이가 있었다면, 그래서 창밖으로 재를 떨지 않아도 됐다면, 상황이 아주 조금만 달라졌더라면, 우린 꼬리 없는 고양이를 보지 못했을지도 몰라요. 갑자기 어디선가 나타나 교정을 사뿐사

* 반다이크Anthony Van Dyke, 1599~1641는 루벤스와 함께 플랑드르 바로크 미술을 대표하는 화가다. 작품의 풍부한 색채와 우아하고 세련된 특징들 때문에 버지니아 울프의 화자는 남자 대학의 호화로운 오찬에서 그를 연상했다고 보는 견해도 있다. "우리는 다 함께 천국으로 갈 것이고, 반다이크도 함께 할 것이다"라는 말은 18세기 영국 화가 토머스 게인즈버러의 유언으로 알려져 있다.

뿐 거니는 꼬리 없는 짐승의 모습은 잠재의식을 지나 내 감정의 빛깔을 바꾸어놓았습니다. 누군가 그림자를 드리운 것 같았죠. 우리를 사로잡은 그 훌륭한 와인이 갑자기 놓아주는 것 같기도 했어요. 맹크스고양이*가 온 우주를 믿지 못하겠다는 듯 잔디 한가운데 잠시 멈춘 것을 지켜보는데 무언가 결여된 듯 다른 느낌을 받았어요. 무엇이 결여되고 무엇이 다른 것일까? 사람들의 대화 소리를 들으며 나 자신에게 물었답니다.

그 질문에 답하려면 그 방을 나와서 과거로, 전쟁 이전으로 돌아가야 했지요. 더불어 이곳에서 별로 멀지 않은, 그러나 다른 방에서 열린 다른 오찬 파티를 눈앞에 그려봐야 했어요. 모든 게 달랐습니다. 그동안에도 대화는 젊은 손님들, 몇몇 남성과 여성 사이에서 순조롭게, 유쾌하게, 자유롭게, 재미나게 오갔죠. 대화가 계속 오가는 사이, 그 대화를 다른 대화와 비교해보았더니 하나는 다른 하나의 후예이자 합법적인 상속인이라는 확신이 들더군요. 변한 것은 없었어요. 한 가지를 제외하고는 달라진 게 없었죠. 지금 이곳에

* 맹크스고양이는 꼬리가 없으며 영국 맨 섬이 원산지로 알려져 있다.

서 나는 사람들이 말하는 것뿐만 아니라 그 뒤의 배경에서 들리는 소리와 기류까지도 듣고 있었어요.

그랬어요. 차이는 바로 거기에 있었어요. 전쟁 이전에는 이런 오찬 파티에서 사람들이 똑같은 대화를 주고받았다고 해도 다르게 들렸을 거예요. 그때의 대화에는 콧노래 소리, 분명하진 않지만 음악 같은 마음 설레는 소리가 섞여 있었고, 그것이 말 자체의 가치를 바꿔놓았죠. 그런 콧노래 소리를 말로 바꿀 수 있을까요? 시인의 도움을 빌리면 가능하겠죠. 내 옆에는 책 한 권이 놓여 있었고 나는 그것을 펼쳐 무심코 페이지를 넘기다가 테니슨의 시를 발견했어요.

아름다운 눈물이 떨어지네
대문가의 시계꽃으로부터
그녀가 오고 있네, 나의 비둘기, 나의 연인
그녀가 오고 있네, 나의 삶, 나의 운명
붉은 장미가 외치네. '그녀가 가까이 왔어, 가까이.'
흰 장미는 눈물 흘리네. '그녀가 늦는구나.'
제비꽃은 듣고 있네. '나는 들려, 소리가 들려.'

그리고 백합은 속삭이네. '나는 기다리고 있어.'

전쟁 이전의 오찬 파티에서 남자들이 흥얼거린 게 이런 것이었을까요? 그렇다면 여자들은?

나의 마음은 노래하는 새와 같아
그 새의 둥지는 물오른 나뭇가지에 있지
나의 마음은 사과나무와 같아
그 나무는 가지가 휘도록 열매가 무성하지
나의 마음은 무지개 빛깔 조개와 같아
그 조개는 평온한 바다에서 놀지
나의 마음은 이 모든 것보다 기쁘지
나의 사랑이 내게 오고 있기에

전쟁 이전의 오찬 파티에서 여자들이 흥얼거린 건 이런 것이었을까요?

아무리 전쟁 전이었다고 해도 오찬 파티에서 이런 걸 낮은 소리로 흥얼거리는 모습을 떠올리는 게 너무 터무니없는 것 같아 그만 웃음을 터뜨렸고, 결국 잔디 한가운데에 꼬리도 없이 앉아 있는 우스꽝스럽고 가엾은 맹크스고양이를 가리키며 내가 왜 웃었는지 해명해야 했어요. 저 고양이는 원래 저렇게 태어난 것일까, 아니면 사고로 꼬리를 잃은 것일까? 맨 섬*에 존재한다는 꼬리 없는 고양이는 생각보다 희귀한 존재입니다. 기묘한 동물이고 아름답다기보다는 진기한 쪽에 가깝죠. 꼬리 하나가 이런 차이를 만들다니 참 신기해요. 이런 것들이 오찬이 끝나고 코트와 모자를 찾으면서 나누는 이야기랍니다.

이번 오찬은 주인의 후한 접대 덕분에 오후에 접어들어서야 끝이 났어요. 10월의 아름다운 날이 저물었고 거리를 걷노라니 나뭇잎이 떨어져내렸죠. 내 뒤로 문들이 마지막을 알리듯 차례로 닫히는 듯했고, 수많은 관리인이 기름칠이 잘된 수많은 열쇠 구멍에 수많은 열쇠를 집어넣고 있었어요. 보물창고는 또 하룻밤 사이의 안전을 보장받은 것이죠.

거리를 벗어나니 큰길이 나왔어요. 방향을 제대로 잡아 접어들었다면 퍼넘대학으로 가는 길이 나오는

* 맨 섬은 영국 잉글랜드와 북아일랜드 사이의 아이리시 해 중앙에 있다.

데 그 길의 이름은 잊어버렸습니다. 하지만 시간은 많았어요. 저녁 식사는 7시 30분이 지나서야 시작한다고 했고, 점심으로 그런 성찬을 먹은 뒤의 저녁은 사실 걸러도 괜찮죠. 시 한 구절이 마음을 울리고 다리를 움직여 제시간에 길을 따라가게 하는 건 참으로 신기한 조화입니다.

아름다운 눈물이 떨어지네
대문가의 시계꽃으로부터
그녀가 오고 있네, 나의 비둘기, 나의 연인

헤딩리를 향해 빠르게 걷는 동안 이 시가 나의 핏속에서 노래를 불렀어요. 그러다 물이 둑 윗부분까지 휘도는 곳에서 다른 시로 바꾸어 노래하기 시작했죠.

나의 마음은 노래하는 새와 같아
그 새의 둥지는 물오른 나뭇가지에 있지
나의 마음은 사과나무와 같아

사람들이 황혼 속에서 흔히 하듯이 나는 큰 소리로 외쳤어요. 이 시인들은 대체 누구일까, 이들은 대체 어떤 시인일까!

이 시대를 대변하는 질투심 때문인 것 같기도 해요. 이런 비교 자체가 바보 같고 터무니없긴 하지만, 현존하는 시인 중에 과연 테니슨이나 크리스티나 로제티만큼 위대한 시인의 이름을 둘이라도 댈 수 있을지 생각해보았어요. 그들과 견준다는 것 자체가 단연코 불가능하다고, 거품이 이는 물결을 바라보며 생각했죠. 이 시가 모든 걸 버리고 싶을 정도로 황홀하게 흥분시키는 이유는 우리가 예전에(전쟁 전의 오찬 파티에서) 느낀 감정을 노래하기 때문이에요. 우리는 그 감정을 굳이 억누를 필요 없이, 혹은 지금의 시들과 비교해볼 필요 없이 느끼는 대로 쉽고 친근하게 감응하면 되는 거죠.

그러나 현존하는 시인들은 순간순간 우리 안에서 만들어진 감정이나 우리 속에서 막 끄집어낸 감정을 노래합니다. 사람들은 그것을 깨닫지 못한 채 무슨 이유에선지 두려워하기도 하고 매서운 눈으로 지켜보며 질투와 의심에 차서 자신이 아는 예전의 감정들과 비교합니다. 이것이 현대시가 어려운 이유입니다. 너무 어려워서 뛰어난 현대시를 두 줄 이상 외우는 사람을 찾기가 힘들죠. 결국 시구를 기억해내지 못하기 때문에 이야깃거리가 떨어져 논쟁이 시들해집니다. 나는 헤딩리를 향해 계속 발걸음을 옮기며 생각했어요. 왜 우리는 오찬 모임에서 나직이 흥얼거리는 일을 그만둔 걸까요?

왜 알프레드 테니슨은 이렇게 노래하기를 멈춘 걸까요?

그녀가 오고 있네, 나의 비둘기, 나의 연인

왜 크리스티나 로제티는 이렇게 응답하기를 멈춘 걸까요?

나의 마음은 이 모든 것보다 기쁘지
나의 사랑이 내게 오고 있기에

전쟁을 탓해야 하는 걸까요? 1914년 8월 총성이

울리기 시작했을 때, 남자와 여자의 얼굴이 서로의 눈에 너무나도 평범하게 보여서 로맨스가 죽어버린 걸까요? 포화의 빛에 비친 지배자들의 얼굴은 분명 충격이었어요(교육이나 다른 것들에 환상을 가진 여자들 눈에는 더욱 그랬겠죠). 독일인이건 영국인이건 프랑스인이건 그들은 너무나 추하고 멍청해 보였어요.

무엇을, 누구를 탓하건 간에 테니슨과 크리스티나 로제티가 다가오는 사랑을 열정적으로 노래하도록 영감을 준 환상은 너무나 드문 일이 됐습니다. 이제는 그저 읽고 보고 듣고 기억할 수 있을 뿐이죠. 하지만 이게 과연 '탓할' 수 있는 일일까요? 그것이 환상이었다면, 그것이 무엇이었든 그 재앙에 감사해야 하는 것 아닐까요? 환상을 파괴하고 그 자리에 진실을 심어놓았다면 말이죠. 왜냐하면 진실은. . . 이 세 개의 점은 진실을 찾다가 펀넘으로 들어서는 길을 놓친 지점을 표시합니다.

정녕 무엇이 진실이고 무엇이 환상이었을까 나 자신에게 물었어요. 예를 들어 이 집들의 진실은 무엇일까요? 땅거미가 질 무렵, 붉은빛으로 빛나며 어둠 속에서 축제 분위기를 내는 창문들의 모습이 진실일까요? 아니면 오전 9시에 사탕과 구두끈 같은 세속적인 것들이 드러나 노골적이고 빨갛고 지저분해 보이는 모습이 진실일까요? 강까지 이어진 버드나무와 강과 정원은? 지금은 강 위에 스며든 물안개 때문에 흐릿해 보이지만 햇빛 아래에서는 황금빛과 붉은빛으로 빛나는 풍경 중 과연 어느 편이 진실이고 무엇이 환상일까요? 오락가락하는 나의 생각들을 여러분이 일일이 알 필요는 없겠죠. 어차피 나는 헤딩리로 가는 길에 그 어떤 결론에도 이르지 못했으니까요. 내가 길을 놓쳤다는 사실을 깨닫고 다시 퍼넘으로 가는 길을 찾아 돌아갔다는 걸 여러분도 짐작했기 바랍니다.

이미 10월의 어느 날이라고 밝힌 터, 갑자기 정원에 라일락이나 크로커스, 튤립 그리고 다른 봄꽃들이 피었다는 묘사를 해서 계절을 바꾸며 픽션의 명예를 손상하고 여러분의 신뢰를 잃는 일은 감히 하지 않겠습니다. 픽션은 사실에 충실해야 하고 사실이 정확할수록 더 좋은 픽션이 되는 거라고 배웠으니까요. 지금은 여전히 가을이고 노란색 나뭇잎은 여전히 떨어지고 있어요. 전보다 더 빨리 떨어지죠. 어느새 저녁(정확히 말해서 7시 23분)이 됐고, 산들바람(정확히 말해서 남서풍)이 불기 시작했으니까요. 그런데 어딘가 좀 이상한 점이 있었어요.

나의 마음은 노래하는 새와 같아
그 새의 둥지는 물오른 나뭇가지에 있지
나의 마음은 사과나무와 같아
그 나무는 가지가 휘도록 열매가 무성하지

공상(그 무엇도 아닌 공상일 뿐이었죠)이라는 이 어리석은 짓은 크리스티나 로제티의 시구 탓도 있어요. 라일락이 담 너머 정원에서 한들거리고 멧노랑나비가 여기저기에서 날갯짓하고 꽃가루가 공기 중에 흩날리는 공상이었죠. 더불어 어디에서 시작됐는지 알 수 없는 바람이 불어와 반쯤 자란 나뭇잎들을 들추자 창공이 은회색으로 반짝였어요. 빛과 빛 사이의 시간이었죠. 빛깔이 선명해지고 유리창의 보랏빛과 금빛은 심장이 고동치듯 불타오르는 시간. 무슨 이유인지 세상의 아름다움이 드러났다가 금세 소멸하는 시간(나는 이때 어리석게도 낯선 정원으로 들어갔어요. 문을 열어놓은 데다 관리인이 근처에 없는 것 같았거든요), 곧 소멸할 세상의 아름다움은 한쪽엔 웃음, 한쪽엔 분노라는 양날이 있어서 우리의 심장을 산산이 조각냅니다.

봄의 어스름 속에서 퍼넘의 정원이 내 앞에 펼쳐졌어요. 사람의 손이 닿지 않은 모습 그대로, 길게 자란 풀 속에 수선화와 초롱꽃이 무심하게 흩뿌려놓은 듯 간간이 섞여 있었어요. 한창 예쁠 시기에도 마찬가지였겠지만, 지금은 누가 뿌리째 잡아당기기라도 하듯 바람에 이리저리 흔들렸죠. 붉은 벽돌의 잔잔한 파도 속에 박혀 있는 건물의 창문들은 배의 창문처럼 모서리가 둥글고, 급히 흘러가는 봄 구름 아래 레몬빛에서 은빛으로 색을 바꾸고 있었어요.

누군가가 해먹에 누워 있었죠. 이런 빛 속에서 반쯤은 보이고 반쯤은 추측의 존재인 그는 환영일 수밖에 없지만, 누군가는 풀밭을 가로질러 달려가는데(아무도 그녀를 멈출 수는 없을까요?) 그때 정원을 내려다보며 바람을 쐬려는 듯 넓은 이마에 등이 굽은 사람이 낡은 옷을 입고 테라스에 나타났어요. 대단한 것 같지만 겸손한 그 모습은 혹시 유명한 학자, J.H.* 가 아니었을까요? 모든 것이 어둑했지만 강렬했어요. 땅거미가 정원에 드리워놓은 스카프가 별이나 검에 갈기갈기 찢긴 것처럼. 끔찍한 현실의 섬광이 봄의 심장에서 뛰쳐나오기라도 한 것처럼. 왜냐하면 젊음이란….

어느새 수프가 나왔네요. 식당에서 저녁 식사를 하는 중이었거든요. 사실 지금은 봄과는 거리가 먼 10월의 저녁이었어요. 모두가 식당에 모여 있었죠. 저녁이 준비되고 수프가 내 앞에 놓여 있었어요. 평범한 그레이비 수프였죠. 어떤 상상의 나래도 펼칠 게 없는 수프였어요. 수프가 담긴 그릇 바닥의 무늬까지 다 보일 정도로 투명한 액체였습니다. 하지만 그릇에는 무늬조차 없었죠. 그저 투박한 그릇일 뿐이었어요.

그다음에는 쇠고기가 채소, 감자와 함께 나왔어요.

* J.H.는 고전학자이자 언어학자, 페미니스트인 제인 엘렌 해리슨Jane Ellen Harrison, 1850~1928을 언급한 것이며, 버지니아 울프가 존경한 인물로 알려져 있다.

지저분한 시장 한편에 걸린 소의 우둔살, 가장자리가 노랗게 시든 채소, 월요일 아침에 시장바구니를 든 여인들이 물건값을 깎으며 흥정하는 모습을 연상시키는 초라한 음식이었습니다. 물론 사람들이 매일 먹는 음식을 앞에 두고 불평해서는 안 되겠죠. 먹을 양도 충분하고 광부들은 이보다 못한 음식 앞에 앉아 있을 걸 뻔히 아니까요.

이어서 말린 자두와 커스터드 소스가 나왔어요. 커스터드 소스를 곁들여 좀 나아지긴 했지만 그래도 말린 자두에 대해, 무자비한 채소(자두는 과일이 아니죠)이며 구두쇠의 심장처럼 야위어 힘줄이 다 드러나고 질긴 데다 80년간 와인과 온기를 거부하고 살면서 가난한 이들에게 한 푼도 베풀지 않은 구두쇠의 정맥에나 흐를 법한 과즙만 있다고 불평하는 이들은, 그것조차 고맙게 받을 사람들도 있다는 사실을 알아야 합니다.

그다음엔 비스킷과 치즈가 나왔고, 사람들은 물병을 자유롭게 이쪽저쪽으로 돌렸습니다. 비스킷이란 게 워낙에 바싹 마른 식품인데 이 비스킷은 제대로 비스킷다웠거든요. 그게 다였습니다. 식사는 그렇게 끝났죠. 모두 바닥 긁는 소리를 내며 의자를 뒤로 밀었고 식당 문이 앞뒤로 거칠게 열렸다 닫혔습니다. 어느새 식당은 음식의 자취를 싹 감추더니 다음 날 아침 식사를 위한 준비까지 마쳤습니다.

영국의 젊은이들은 복도와 계단을 쿵쿵 울리고 노래를 하며 흩어졌어요. 아무리 손님이라도 처음 온 낯선 사람(트리니티 칼리지나 서머빌, 거턴, 뉴넘 혹은 크라이스트처치와 마찬가지로 나는 퍼넘에도 아무 권리가 없는 사람이니까)이 "저녁이 영 별로였어요"라든가(지금 우리는, 메리 세튼과 나는 그녀의 거실에 앉아 있어요) "우리 둘만 여기서 저녁을 먹으면 안 되는 거였나요?"라고 말하는 건 적절치 않았을 거예요. 그런 말을 했다는 건, 처음 온 사람에게 유쾌하고 담대하게 보이려고 애쓰는 그 컬리지의 은밀한 경제 형편에 대해 캐묻는 일이 될 테니까요. 누구도 그런 말은 할 수 없는 거예요. 그래서 대화는 시들해졌어요.

인간이란 존재는 심장, 육체, 두뇌가 한데 어우러져 만들어진 것이고, 각각이 분리되어 존재하는 것이 아니며 앞으로도 수백 년간 그럴 것이기 때문에 좋은 저녁 식사는 좋은 대화에 지대한 영향을 미친답니다. 식사를 잘하지 못했다면 제대로 생각하고, 제대로 사랑하고, 제대로 잠자는 것조차 불가능해요. 쇠고기와 말린 자두만으로는 척추에 있는 불이 들어오지 않는 법입니다. 우리가 모두 천국으로 갈 수 있을지도 확실치 않으며, 반다이크가 다음 길모퉁이에서 우리를 기다리길 바랄 뿐이에요. 이것이 하루의 일을 끝내고 먹은 쇠고기와 말린 자두가 우리에게 남긴 불확실하고 제한된 마음의 상태랍니다.

다행히도 과학을 가르치는 나의 친구에게는 작은 술병과 작은 잔을 놓아둔 찬장이 있어서(하지만 처음부터 가자미와 자고새가 들어 있었다면 더 좋았겠지요) 우리는 벽난로 앞에 다가앉아 온종일 지친 몸과 마음을 얼마간 치유할 수 있었어요.

곧 우리는 궁금증이나 관심거리에 대해 자유롭게 이야기하기 시작했습니다. 누군가와 함께 있지 않을 때 떠올랐다가, 누군가를 만나서 나누는 이야기들이죠. 인간의 본성과 우리가 사는 이 놀라운 세상의 사람들에 대한 생각을 주고받았어요. 누구는 어떻게 결혼했고 누구는 하지 않았다는 것, 누구의 생각은 이렇고 누구의 생각은 저렇다는 것, 누구는 상상을 초월하게 성공했고 누구는 놀랍게도 나락으로 떨어졌다는 그런 이야기 말입니다.

나는 이런 이야기들을 하며 부끄럽게도 현재의 이 상황에서 모든 대화를 마무리하기에 바쁜 나의 모습을 알아챘어요. 스페인이나 포르투갈 혹은 책이나 경주마에 대해 얘기하면서도 나의 관심은 오로지 5백 여 년 전 높은 지붕 위의 석공들에게 있었습니다. 왕과 귀족들은 거대한 자루에 금은보화를 담아와서 땅 밑에 쏟아부었죠. 이 장면이 나의 머릿속에 생생하게 다가와 야윈 소와 지저분한 시장, 시든 채소와 쪼그라든 노인의 심장 이미지 옆에 자리 잡았습니다.

일관성도 없고 동떨어진 데다 말도 안 되는 두 그림은 계속해서 오버랩되어 서로 치고받으며 나를 휘둘러댔죠. 우리의 대화를 망치지 않기 위한 최선의 방법은 나의 생각을 밖으로 꺼내놓고, 운이 좋다면 그 생각이 윈저 성의 관을 열었을 때 나온 죽은 왕의 머리*처럼 부스러지고 사라지길 바라는 것이었어요.

나는 메리 세튼에게 수년간 예배당의 지붕 위에서 일한 석공들에 대해, 금과 은을 커다란 자루에 담아 와서 땅 밑에 퍼부은 왕과 왕비와 귀족들에 대해, 그리고 옛사람들이 거친 금덩어리를 두고 간 곳에 이제는 수표와 채권을 주고 간 이 시대의 재계 거물들에 대해 간단히 언급했어요. 그 모든 것이 그 대학들 아래에 깔렸다고. 그런데 우리가 앉아 있는 이 대학은 어떤가요? 이 멋진 빨간 벽돌과 들풀이 제멋대로 자라난 정원 아래엔 무엇이 있나요? 우리가 저녁을 먹은 그 투박한 그릇들 그리고(내가 멈추려 하기도 전에 이미 내 입에서 이 말이 튀어나오고 말았어요) 쇠고기와 커스터드 소스, 말린 자두 뒤에는 어떤 영향력이 있는 걸까요?

"그게 말이죠." 조용히 듣던 메리 세튼이 입을 열었어요. "1860년경에는… 아, 하지만 당신도 이미

* 1649년에 처형당한 뒤 1813년 윈저 성의 세인트 조지 교회에 보존되었다가 발견된 찰스 1세의 머리를 가리키는 것으로 추측하는 견해가 있다.

아는 이야기일 텐데요**." 여러 번 반복한 말인지 지겨운 듯 설명했죠. "방을 빌려 위원회를 구성하고 안내문을 봉투에 넣어 발송했어요. 회의를 열고 답장들을 검토했죠. 누구누구는 얼마를 내기로 약속했지만 아무개 씨는 한 푼도 낼 수 없다고 했습니다. 《새터데이 리뷰》는 아주 무례하게 나왔어요. 연구실 비용을 위한 기금은 어떻게 마련해야 할까? 바자회라도 열어야 할까? 맨 앞줄에 앉힐 예쁘장한 소녀들은 어디에서 찾을 수 있을까? 이런 주제에 대해 존 스튜어트 밀***은 뭐라고 말했는지 찾아봐야겠어. 모 일간지 편집자에게 우리의 안내문을 실어달라고 설득할 사람이 있을까? 모 귀부인에게 서명을 받아낼 수 있을까? 그분은 지금 외출 중이라고 하네…. 이게 바로 60년 전에 학교 건립이 추진된 과정입니다. 정말 엄청난 노력과 시간이 들어갔죠. 기나긴 투쟁과 엄청

** 메리 세튼이 설명하는 퍼넘대학의 설립 배경은 거턴 칼리지 설립 때 이야기다. 영국 최초의 여자 기숙 대학인 거턴 칼리지는 1869년 에밀리 데이비스와 바바라 보디션이 설립했다.

*** 존 스튜어트 밀John Stuart Mill, 1806~1873은 영국의 철학자이자 경제학자이며 여성의 권리 신장을 주장했다. 1866년 의회에서 최초로 여성 참정권을 주장했고, 『여성의 종속The Subjection of Women』1869을 집필했다.

난 역경을 뚫고 마침내 3만 파운드를 모았습니다*. 그러니까 우리가 와인이나 고기, 머리에 쟁반을 이고 다니는 하인을 둘 수 없다는 건 너무나도 자명한 일입니다. 우리는 소파나 각자의 방을 가질 수도 없어요. '편의 시설을 누리려면 더 기다려야 합니다**.'" 메리 세튼은 책을 인용하며 말을 맺었어요.

그녀들이 수년간 각고의 노력을 기울였지만 2천 파운드를 모으는 것도 어려웠고, 그 뒤에 겨우겨우 3만 파운드를 모았다는 생각을 하자니 여성들의 수치스러운 가난에 모멸감이 들었습니다. 그때 우리의 어머니들은 무엇을 했기에 우리에게 물려줄 부가 전혀 없었던 걸까요? 코끝에 분칠이나 하고 있었을까요? 상점의 쇼윈도나 들여다보고 있었을까요? 몬테카를로의 햇살 아래 누워 관능미나 뽐내고 있었나요?

* "적어도 3만 파운드를 모아야 한다고 했어요. 이런 대학은 영국, 아일랜드 그리고 식민지를 통틀어 하나밖에 없다는 점과 남학교를 위해서는 막대한 금액이 쉽게 모금되는 점을 고려할 때 그리 큰 액수가 아닐 수도 있습니다. 그러나 여성이 교육받기를 원하는 사람들이 얼마나 적은지 고려해볼 때 이 정도면 제법 큰 금액입니다." 『에밀리 데이비스와 거턴 칼리지Emily Davies and Girton College』, 레이디 스티븐.

** "긁어모을 수 있는 한 동전 한 닢까지도 건물 건립에 들어갔고 편의 시설은 미뤄야 했다." 『대의The Cause』, R. 스트레이치.

벽난로 위에는 사진 액자 몇 개가 놓여 있었어요. 메리의 어머니는(만약 그 사진들이 메리 어머니의 사진이었다면) 여가를 낭비하는 사람이었는지도 몰라요(그분은 교회 목사인 남편과 함께 아이를 열셋이나 두었죠). 하지만 정말 그랬다 해도 유쾌하고 방탕한 삶은 그녀의 얼굴에 즐거움의 흔적을 남기지 않았습니다. 그녀는 별 볼일 없는 몸매에 어깨에 두른 격자무늬 숄을 브로치로 고정한 나이 든 여자일 뿐이고, 버들가지로 엮은 의자에 앉아 스패니얼에게 카메라 쪽을 보라고 일렀죠. 긴장하긴 했지만 즐거운 표정으로 카메라의 플래시가 번쩍하면 개가 분명히 그쪽을 볼 거라 확신했어요.

그녀가 사업을 했다면, 혹은 인조견 회사를 경영했거나 증권계의 큰손이었다면, 그래서 퍼넘대학에 20~30만 파운드를 기부할 수 있었다면 우리는 오늘 밤 편안히 앉아 있었을 테고, 대화 주제도 고고학, 식물학, 인류학, 물리학, 원자의 본질, 수학, 천문학, 상대성 이론, 지리학을 넘나들었겠지요.

세튼 부인과 그녀의 어머니가, 그리고 그 어머니의

어머니가 그녀의 아버지들과 할아버지들처럼 돈을 버는 위대한 기술을 공부해서 돈을 물려주고 남성의 전유물인 학자금과 연구 기금, 상금, 장학금의 기반을 마련해주었다면 어땠을까요?

우리는 이 방에서 단둘이 오붓하게 푸짐한 고기와 와인으로 저녁 식사를 즐길 수 있었을 테고, 물려받은 직업이 제공해주는 안식처에서 누리는 즐겁고 명예로운 삶을 지나친 기대가 아니라 충분히 가능한 것으로 생각할 수 있었을지도 모릅니다. 우리는 탐험을 하기도 하고, 글을 쓰기도 하고, 이 세상의 유서 깊은 지역을 찾아다니거나, 파르테논 신전의 계단에 걸터앉아 사색에 잠길 수도 있고, 10시쯤 사무실에 나갔다가 4시 30분쯤 편안한 마음으로 집에 돌아와 짧은 시를 쓸 수도 있었겠지요.

세튼 부인과 그 부류의 여성들이 열다섯 나이에 사업에 뛰어들었다면(이건 예상치 못한 문제였지만) 메리는 존재할 수 없었겠죠. 나는 메리에게 이 점을 어떻게 생각하는지 물었습니다. 커튼 자락 사이로 10월의 밤이 보였어요. 고요하고 사랑스러운, 노랗게 물들어가는 나무에 별이 하나 둘 걸려 있는 밤이었죠. 서명 한 번으로 퍼넘대학에 5만 파운드를 기부할 수 있다면 메리는 이 아름다운 밤을 누리는 것과 스코틀랜드에서 보낸 유년의 유희와 다툼 같은 추억(메리의 집은 대가족이지만 행복한 가정이었죠), 아무리 칭송해도 질리지 않는 고향의 깨끗한 공기와 고급스러운 케이크를 포기할 수 있었을까요? 대학에 기부하려면 한 가정의 희생이 따를 수밖에 없을 테니까요.

큰 재산을 만들면서 아이 열셋을 낳아 기르는 것은 인간이 할 수 있는 일이 아닙니다. 현실을 고려해 보기로 해요. 먼저 아기가 태어나려면 아홉 달이라는 시간이 걸립니다. 아기가 태어나면 그때부터 서너 달은 아기를 먹이느라 정신없이 흘러갑니다. 아기를 잘 먹인 뒤 5년 정도는 아기와 놀아줘야 합니다. 아이들이 거리를 뛰어다니게 내버려둘 순 없으니까요.

러시아에서 아이들이 거리를 마구 돌아다니는 모습을 본 사람들은 결코 유쾌한 광경이 아니었다고 말하더군요*. 보통 인간이 인간다운 모습을 갖추는 데 1년에서 5년까지 걸린다고 말합니다. 세튼 부인이 돈을 벌려고 나섰다면 메리는 어떤 유년의 추억을 가졌을까요? 스코틀랜드에 대해, 그 깨끗한 공기와 케이크와 다른 모든 것들에 대해 무엇을 알 수 있었을까요?

하지만 이런 질문들 자체가 무의미하네요. 메리 당신은 아예 존재하지도 않았을 테니까요. 그뿐만 아니라 세튼 부인과 그녀의 어머니와 그 어머니의 어머니가 막대한 부를 축적하고 대학과 도서관에 기부했다면 어떻게 됐을까 묻는 것 자체도 무의미합니다. 첫째, 그들이 돈을 버는 것 자체가 불가능했을 것이기 때문입니다. 둘째, 설령 돈 버는 일이 가능했다고 해도 법적으로 그 돈을 소유할 수 없었을 테니까요.

세튼 부인이 동전 한 닢이라도 소유할 권리가 생긴 것은 불과 48년 전입니다**. 그 전의 수 세기 동안은

* 1920년대의 러시아는 여러 가지 요인(전쟁, 혁명, 가난, 기근) 때문에 고아가 되거나 버려진 아이가 많았고 이것이 사회 문제로 대두되었다.

** 1882년 기혼 여성의 재산권에 대한 법률이 개정되면서 기혼 여성이 재산을 소유할 수 있게 됐다. 그동안 여성의 재산은 결혼과 동시에 남편에게 귀속됐다.

모든 것이 남편의 재산이었죠. 세튼 부인과 그녀의 어머니들이 증권거래소에 드나들지 않은 이유였는지도 모릅니다. 그녀들은 이렇게 말할 수도 있어요. "내가 돈을 벌어도 전부 남편이 가져가 자기 맘대로 쓰겠지. 장학 재단을 설립하거나 베일리얼 칼리지 혹은 킹스 칼리지에 장학금으로 기부할 거라고. 그러니 내가 돈을 벌 수 있다고 해도 관심이 없어. 그냥 남편에게 맡기는 편이 낫지."

스패니얼을 쳐다보던 노부인에게 책임이 있든 없든, 우리 어머니들이 일을 상당히 잘못한 것만은 틀림없습니다. '편의'를 위한 것, 그러니까 새고기와 와인, 관리인과 잔디밭, 책과 시가, 도서관과 여가를 위해 남긴 돈은 한 푼도 없었던 거죠. 맨땅에 맨벽을 세우는 일이 그녀들이 할 수 있는 최선이었던 겁니다.

우리는 창가에 서서 수많은 사람이 매일 밤 하듯이 저 아래 펼쳐진 유명한 도시의 돔과 탑들을 내려다보았어요. 가을 달빛 아래 무척이나 아름답고 신비로운 광경이었죠. 오래된 돌은 매우 하얗고 유서 깊어 보였어요. 저 아래 소장된 모든 장서, 패널을 댄

벽에 걸린 고위 성직자와 명사들의 초상화, 보도 위로 기이한 원과 초승달 문양을 드리운 채색된 창들, 분수와 잔디밭, 고요한 안뜰을 내려다보는 조용한 방들을 떠올렸어요. 그리고(이런 생각을 하는 나를 용서하세요) 감탄스러운 담배와 술 그리고 푹신한 안락의자와 기분 좋은 카펫, 호화로움과 사적인 공간이 빚어낸 세련됨과 쾌적함, 품위에 대해서도 생각했어요.

우리의 어머니들이 이들에 견줄 만한 그 어떤 것도 물려주지 못한 것만은 분명합니다. 3만 파운드를 긁어모으는 일도 너무나 힘겨웠던 우리의 어머니들, 세인트앤드루스에서 성직자의 아내로 아이 열셋을 낳아 기른 우리의 어머니들 말이에요.

나는 숙소로 돌아갔습니다. 일과를 마친 사람들이 으레 하는 것처럼 어두운 거리를 거닐며 이런저런 생각을 했지요. 왜 세튼 부인은 우리에게 남겨줄 돈이 없었을까? 가난은 사람의 마음에 어떤 영향을 미치는 것일까? 그리고 오전에 만난, 어깨에 털을 두른 기묘한 노신사들을 생각했어요. 누군가가 휘파람을 불면 그중 한 분이 뛰어온다는 사실도 떠올렸어요.

이어서 예배당에 울려퍼지는 오르간 소리와 굳게 닫힌 도서관의 문을 생각했고, 굳게 잠긴 문밖에서 안으로 들어가지 못하는 게 얼마나 불쾌한 일인지, 그러나 잠긴 문 안쪽에 있는 것은 더 나쁠지도 모르겠다는 생각을 했죠. 그리고 한쪽 성性의 평안과 번영에 대해, 다른 한쪽 성性의 불안과 가난에 대해 생각했고, 작가의 마음에 전통이 미치는 영향과 전통의 결여가 주는 영향에 대해 생각했으며, 논쟁과 인상, 분노와 웃음으로 구겨진 하루의 껍질을 걷어내어 덤불에 던져버려야겠다고 생각했어요.

천 개의 별이 하늘의 검푸른 물결 속에서 빛나고 있었습니다. 그러나 나는 불가해한 사회에서 마치 혼자인 것만 같았어요. 사람들은 모두 잠들어 있었죠. 엎어져서, 가로로, 아무 말 없이. 옥스브리지의 거리를 헤매는 사람은 아무도 없었어요. 심지어 호텔의 문도 보이지 않는 손에 의해 저절로 열리는 것 같았지요. 내가 침대로 가는 길을 밝혀줄 호텔의 구두닦이조차 깨어 있지 않았어요. 너무 늦은 시간이었으니까요.

2 장

*

내 이야기를 계속 따라오라고 말씀드려도 괜찮다면 이제 배경은 바뀌었습니다. 나뭇잎은 여전히 떨어지지만 이곳은 옥스브리지가 아니라 런던입니다. 다른 수많은 방처럼 창밖으로 사람들의 모자와 화물차, 승용차가 내려다보이고 맞은편 건물의 창이 보이는 방을 상상하면 되겠네요. 그 방 탁자에 놓인 하얀 종이에는 큰 글씨로 여성과 픽션이라고만 적혀 있습니다. 옥스브리지의 점심과 저녁 식사 다음 이야기는 어쩔 수 없이 대영박물관 방문이 되어야 할 것 같습니다. 우리는 개인적이고 우연적인 것을 걸러내고 순수한 액체인 진실의 정수를 추출해야 하니까요.

옥스브리지를 방문하고 점심과 저녁을 먹으며 수많은 질문을 품었습니다. 왜 남자는 와인을 마시고 여자는 물을 마실까? 왜 한쪽 성性은 그토록 부유하고 다른 한쪽 성은 그토록 가난할까? 가난이 픽션에 미치는 영향은 무엇일까? 예술 작품을 창조하는 데 필수 조건은 무엇일까? 수많은 질문이 고개를 들었지요.

그러나 우리에게 필요한 것은 대답이지 질문이 아닙니다. 그 답은 학식을 갖추고 편견이 없으며 혀에서 비롯한 갈등과 육체의 혼란을 극복하고 자신의 추론과 연구의 결과물을 책에 담은 이들에게서만 얻어낼 수 있는 법이죠. 그 책들은 바로 대영박물관에서 찾을 수 있습니다. 대영박물관의 서가에서도 찾을 수 없다면 진실은 과연 어디에 있을까요? 노트와 연필을 챙기며 나 자신에게 물었습니다.

준비를 마치고 자신감과 호기심에 차서 진실을 추구하기 위해 길을 나섰습니다. 비가 내리진 않았지만 음산한 날이었어요. 박물관 주변의 거리 곳곳에 지하 석탄 창고의 덮개가 열려 있었고, 사람들은 그 아래로 석탄들을 쏟아부었습니다. 사륜마차들은 보도에 끈으로 묶은 상자들을 내려놓았는데 그 안에는 돈을 좇아, 혹은 은신처를 찾아, 혹은 겨울의 블룸스베리* 하숙집에서 구할 수 있는 유용한 물건들을 찾아온 스위스 혹은 이탈리아 가족의 옷가지가 들어 있을 거예요. 길에서 흔히 보는 목 쉰 남자들이 손수레에 화초를 싣고 거리를 활보했죠. 소리를 지르기도 하고 노래를 부르기도 했어요. 런던은 작업장 같고 기계 같았어요.

우리는 앞뒤로 떠밀려 다니며 이 밋밋한 바탕에 일정한 문양을 그려넣었죠. 대영박물관도 공장의 한 부분이었어요. 문이 활짝 열리고 안으로 들어서니 거대한 돔 아래 서게 됐고 나는 마치 유명한 이름들이 적

* 블룸스베리는 영국 잉글랜드 남동부 런던 중심가의 북부 지구다. 대영박물관과 런던대학을 비롯해 주요 학문 기관과 병원이 있다.

힌 머리띠를 화려하게 두른 대머리의 머릿속 생각이 된 것 같았죠. 안내 데스크로 가서 종이 한 장을 뽑아 들고 도서 목록 책자를 펼쳤어요. 그리고 . . . . . 이 다섯 개 점은 각각 1분씩 놀라움, 경탄, 어리둥절함을 느낀 5분을 나타냅니다.

1년에 여성에 대한 책이 몇 권이나 출간되는지 알고 있나요? 그중 남자가 쓰는 책은 몇 권이나 될까요? 온 우주에서 가장 많이 논의되는 동물이 어쩌면 여러분일 수도 있다는 사실은 알고 있나요? 나는 여기에 노트와 연필을 챙겨 왔어요. 오전 내내 책을 읽고 오전이 끝나갈 무렵엔 진실을 내 노트에 옮겨적을 수 있을 거라 생각하면서 말이에요. 그러려면 나는 가장 장수한다는 코끼리 떼가 돼야 하고, 눈이 가장 많다는 야생거미가 돼야 한다고 생각했어요. 이 모든 책을 읽기 위해서 필사적으로 그런 동물들을 떠올린 거죠. 그 단단한 껍질을 뚫고 들어가려면 강철 발톱과 황동 부리가 필요했어요.

이 방대한 양의 종이 속에 박혀 있는 진실의 알맹이를 대체 어떻게 찾을 수 있을까? 절망적으로 나 자신에게 물으며 책제목이 적힌 긴 목록을 위아래로 훑어보았어요. 책제목만으로도 많은 생각을 하게 됐죠. 성性과 그 본질이 의사와 생물학자들의 관심을 끄는 건 당연한 사실이죠. 하지만 유쾌한 수필가와 글재주 있는 소설가, 석사 학위를 소지한 젊은이, 학위가 없는 남자 그리고 그들이 여성이 아니라는 사실을 제외하곤 특별한 자질도 없는 남자들마저 여성에게 관심을 갖는다는 것은 제법 놀랍고 설명하기 힘든 현상이었어요. 겉으로만 봤을 때 시시하고 경박해 보이는 책도 있지만 대다수는 진지하고 예언적이고 도덕적이고 훈계하는 책으로 보였습니다. 제목만 읽고도 수많은 교사, 수많은 성직자가 강단에, 연단에 올라가 이 할당된 시간을 훨씬 초과하며 끝도 없는 장광설을 쏟아내는 모습이 연상됐습니다. 이보다 더 이상한 현상은 없는 것 같아요.(이 대목에서 나는 M으로 시작하는 책제목들을 살피는 중이었죠) 이건 분명 남자에게만 국한된 현상이에요.

여성은 남성에 대한 책을 쓰지 않아요. 저는 안도감을 느끼며 이 사실을 환영할 수밖에 없습니다. 남자들이 여성에 대해 쓴 책을 먼저 읽은 후 여자들이 남성에 대해 쓴 글을 다 읽어야 한다면, 백 년에 한 번만 꽃을 피운다는 무늬용설란이 두 번 꽃을 피울 때까지 나는 종이에 펜을 댈 수 없을 테니까요. 무작위로 책을 열 권쯤 골라 대출신청서에 적은 뒤 철제 신청함에 넣어놓고 진실의 본질을 찾는 다른 사람들 사이에 앉아 기다렸답니다.

이 기이한 불균형이 생긴 이유는 무엇일까? 영국 국민의 세금으로 마련된 신청서에 수레바퀴나 그리면서 생각했어요. 이곳의 도서 목록으로 판단하건대 왜 여성은 남성에게 훨씬 더 관심이 가는 대상이 됐을까요? 남성은 여성에게 별 관심의 대상이 되지 않는데 말이죠. 나는 그게 정말 궁금했어요. 그리고 여성에 대한 책을 쓰는 데 시간을 할애하는 남자들의 삶을 그려보며 의아해했습니다. 나이가 많거나 적거나, 기혼이거나 미혼이거나, 딸기코이거나 곱사등이거나 상관없이 이런 관심의 대상이 됐다는 게(그런 관심을 보이는 자가 장애인이나 노약자가 아니라면) 은근히 기분 좋았어요. 이런 하찮은 생각들은 내 책상으로 책

한 무더기가 쏟아지며 막을 내렸답니다. 이제 난관이 시작된 거죠.

옥스브리지에서 조사와 연구에 단련된 학생이라면 양 떼를 우리 안으로 몰아넣듯 잡념을 헤치고 중요한 질문만 선별해서 잘 몰아가는 방법을 알고 있을 거예요. 예를 들어 내 옆에서 부지런히 과학 서적을 베끼던 학생은 10분마다 순수한 본질의 원석을 추출하는 것 같았어요. 그가 내는 만족의 신음이 그 사실을 입증했죠. 그러나 불행히도 대학에서 훈련받지 못한 사람은 질문을 우리로 잘 몰아가기는커녕 사냥개들에게 놀란 양 떼처럼 이쪽저쪽으로 허둥지둥 날뛰겠죠. 교수, 교사, 사회학자, 성직자, 소설가, 수필가, 기자 그리고 여성이 아니라는 것 외엔 아무 자질도 갖추지 못한 남자들이 '왜 여자는 가난한가?'라는 질문을 맹렬히 쫓고 있었어요. 그리고 이 질문은 50가지로 불어나 강물 한가운데로 불쑥 들어와서는 떠내려가 버렸어요. 내 공책은 온통 휘갈겨 쓴 메모로 뒤덮였지요.

나의 정신의 상태를 보여주기 위해 그중 몇 개를 읽으려고 해요. 각 페이지 맨 위에는 단순히 '여성과 가난'이라는 제목을 달았지만 그 뒤에 이어진 내용은 다음과 같아요.

중세 시대의 ________ 상황
피지 섬의 ________ 관습
________의 여신 숭배
________보다 부족한 도덕 관념
________의 이상주의
________보다 위대한 의식
남태평양제도 사람들의 ________ 사춘기 연령
________의 매력
________에게 제물로 바쳐진
________의 작은 두뇌
________의 더 깊은 잠재 의식
털이 적은 ________의 몸
________의 정신적, 윤리적, 육체적 열등함
________의 아이들을 향한 사랑
________의 더 긴 수명
________의 약한 근육
________의 애정의 힘

__________의 허영

__________의 더 높은 교육 수준

__________에 대한 셰익스피어의 견해

__________에 대한 버컨헤드 경의 견해

__________에 대한 잉게 사제의 견해

__________에 대한 라 브뤼에르의 견해

__________에 대한 존슨 박사의 견해

__________에 대한 오스바 브라우닝의 견해

나는 이쯤에서 한숨 돌리고 여백에 적어넣었어요. 왜 새뮤얼 버틀러는 '현명한 남자들은 절대로 여성에 대한 견해를 말하지 않는다'라고 했을까? 사실 현명한 남자들은 그 무엇에 대해서도 함부로 말하지 않는 법이죠. 나는 의자에 기대앉아 거대한 돔을 올려다보며 계속 생각했어요. 처음엔 돔 안에서 한 가지 생각에 집중했는데 지금은 이런저런 것들로 고달파졌어요. 불운한 사실은 현명한 남자들이 여성에 대해 똑같이 생각하지 않는다는 것입니다.

알렉산더 포프의 말이 떠올랐습니다. "대부분의 여

성은 특징이 전혀 없다."

라 브뤼에르*도 한마디 했지요. "여자는 극단적이어서 남자보다 우월하거나 열등하다."

동시대를 살아간 예리한 관찰자들도 상반된 주장을 했죠. 여성은 교육이 가능한 존재일까요, 불가능한 존재일까요? 나폴레옹은 불가능하다고 생각했죠. 존슨 박사의 생각은 그 반대였어요**. 여성에겐 영혼이 있을까요, 없을까요? 일부 야만인들은 없다고 했죠. 반면 여성은 반신성한 존재라며 숭배한 사람들도 있어요***. 여자는 지능이 낮다고 주장하는 현자도 있었지만 여성은 의식이 깊다고 말한 사람도 있지요. 괴테는 여성을 경배했고 무솔리니는 여성을 경멸했죠.

어디에서건 남자는 여성에 대해 생각하는데 그 내용은 저마다 다릅니다. 나는 그런 생각들을 전부 다

* 라 브뤼에르La Bruyere, 1645~1696는 프랑스의 윤리사상가이자 풍자작가다.

** "'남자는 여자가 그들보다 한수 위라는 사실을 알고 있다. 가장 약하고 무지한 여자를 고르는 이유다. 그렇게 생각하지 않는다면 남자는 여자가 자신들만큼 알게 되는 걸 두려워하지 않을 것이다.' 그는 성에 대한 공정한 시선으로 이 말이 진심임을 밝혔고, 나는 이 사실을 인정하는 것이 솔직한 일이라고 생각한다." 『헤브리디스 여행기』, 보즈웰.

*** "고대 독일인은 여성에게 신성한 면이 있다고 믿었으며, 여성에게 신탁을 받고 조언을 구했다." 『황금가지』, 프레이저.

이해하는 건 불가능하다는 결론을 내렸어요. 그리고 옆자리에서 깔끔하게 A 혹은 B, C로 시작하는 개요를 써넣는 독자를 질투 어린 눈으로 힐끔거렸죠. 내 노트는 마구 휘갈겨쓴 모순된 메모들만 산만하게 적혀 있었거든요. 정말 괴롭고 혼란스럽고 창피했어요. 진실은 내 손가락 사이로 사라져버렸어요. 한 방울도 남김없이 사라졌죠.

이대로 집에 돌아가 여성과 픽션에 대한 연구랍시고 여성은 남성보다 몸에 털이 적고 남태평양제도 원주민의 사춘기는 아홉 살(아니, 아흔 살인가? 글씨조차 너무 악필이라 해독이 불가능하군요)부터 시작된다는 사실을 적어넣을 순 없는 노릇이었어요. 오전 내내 시간을 들였는데 이보다 중대하고 가치 있는 내용을 건지지 못했다는 건 정말 수치스러운 일이었죠.

W(간단히 여성Women을 이렇게 칭하기로 했답니다)의 과거 진실을 파악할 수 없다면 W의 미래를 알고자 하는 게 무슨 소용일까요? 여성에 대해 연구한 남자들, 그 박식한 남자들의 수만큼이나 정치, 아이들, 임금, 도덕성 등에 여성이 미친 다양한 영향을 전문으

로 연구한 남성들의 책을 찾아보는 것은 순전히 시간 낭비로 보였어요. 그들의 책은 아예 들춰보지 않는 편이 낫겠다고 생각했죠.

나는 절망감에 빠져 생각에 잠긴 채 옆 사람처럼 결론을 적어 넣어야 할 자리에 무의식적으로 그림이나 그리고 있었어요. 얼굴을, 사람을 그렸죠. '여성의 정신적, 윤리적, 육체적 열등함'이라는 제목의 기념비적인 저서를 집필하는 폰 X 교수의 모습이었어요. 내 그림의 그 사람은 여성에게 매력적인 남자가 아니었습니다. 몸집은 육중하고 목살은 처질 대로 처진 데다 그에 걸맞게 눈은 아주 작고 얼굴은 무척 붉었어요. 어떤 감정에 휩싸인 채 글을 쓰는 듯한 표정인데, 그 감정을 못 이겨 글씨를 쓸 때마다 아주 해로운 벌레라도 죽이는 것처럼 펜으로 종이를 쿡쿡 찔러댔죠. 아무리 죽여도 분이 안 풀리는 듯 계속 죽여댔고, 그렇게 해봐야 분노와 짜증을 유발하는 원인은 그대로 남아 있는 것 같았어요.

나는 그림을 들여다보며 이 남자가 그러는 이유는 아내 때문이 아닐까 생각했어요. 아내가 기병대 장교와 사랑에 빠지기라도 한 걸까? 기병대 장교는 호리호리하고 기품 있는 몸에 모피를 걸쳤을까? 프로이트의 이론을 적용하자면, X 교수는 요람에서 예쁜 아기에게 조롱당한 걸까? 요람에 있을 때조차 매력적인 아기가 아니었을 테니까. 이유야 어쨌든 여성의 정신적, 윤리적, 육체적 열등함에 대한 위대한 책을 집필 중인 내 그림의 교수는 몹시 화가 나고 못생긴 얼굴이었어요. 나는 한가롭게 그림이나 그리며 아무 수확 없는 오전의 일과를 마무리했습니다.

그러나 숨어 있던 진실은 이처럼 한가로운 시간이나 꿈속에서 수면 위로 올라오는 법이랍니다. 심리분석학자의 이름을 빌릴 필요조차 없는 심리학의 기본 관점에서 보건대, 내 노트에 그린 화난 교수는 내가 화난 상태에서 그린 것임을 알 수 있었어요. 내가 몽상에 잠겨 있을 때 분노가 나의 연필을 잡아챈 거예요. 한데 분노는 왜 거기에 나타난 걸까요? 관심, 혼란, 즐거움, 지루함. 오전 내내 꼬리를 물고 나타난 이 모든 감정은 인식할 수 있고 규정할 수 있었어요.

분노는 검은 뱀처럼 그 감정들 사이에 도사리고 있

었던 걸까요? 맞아요, 분노는 거기 있었어요, 라고 그림은 말해주었어요. 그리고 악마를 깨운 책 한 권에, 한 문장에 주목하게 만들었어요. 여성의 정신적, 윤리적, 육체적 열등함에 관한 그 교수의 한 문장이었죠. 심장이 뛰기 시작했어요. 두 볼은 불타올랐죠. 분노가 치솟았어요. 사실 그 책은 어리석기만 할 뿐 특별히 언급할 만한 내용도 없었어요. 태생적으로 별 볼일 없는 남자보다 더 열등하다는 얘기를 듣고도 기분 좋을 사람이 어디 있겠어요.

나는 옆에 앉은 학생을 쳐다봤어요. 기성품 넥타이를 매고 최근 2주간 면도조차 하지 않은 그는 거칠게 숨을 몰아쉬고 있었죠. 누구든 어리석은 허영심을 갖기 마련이에요. 그건 인간의 본성일 뿐이라 생각하며 화난 교수의 얼굴이 불붙은 덤불처럼, 불타는 혜성처럼 보일 때까지 그 위에 수레바퀴와 동그라미를 수도 없이 그려넣었어요. 어쨌든 그는 이제 인간의 모습이 아니라 아무 의미도 없는 유령 같아졌어요. 햄스테드 히스* 꼭대기에서 불타는 장작더미에 불과했죠.

* 햄스테드 히스는 영국 런던 북서부의 고지대다.

나의 분노는 곧 설명되고 해결됐지만 궁금증은 그대로 남아 있었습니다. 그 교수의 분노는 어떻게 설명해야 하는 걸까? 그들은 왜 화가 난 걸까? 이 책들이 내게 남긴 인상을 분석해보면 언제나 화火의 요소가 있었거든요. 이것은 여러 형태로 나타났어요. 때로는 풍자나 감상으로, 때로는 호기심 또는 비난의 모습으로 표현됐죠.

여기에 존재하지만 즉각적으로 알아보기 힘든 요소가 하나 더 있었어요. 나는 그것을 분노라고 불렀죠. 하지만 그것은 땅 밑으로 숨어들어 다른 모든 종류의 감정 속에 섞여버린 게 분명했어요. 판단해보건대 단순히 자신을 드러낸 분노가 아니라 위장된 복잡한 분노였던 거죠.

나는 책상에 쌓인 책들을 살펴보며 이유야 어찌됐든 이 모든 책은 내 목적에 아무 가치가 없다고 생각했어요. 인간적으로는 교훈, 흥미, 지루함 그리고 피지 섬의 관습에 관한 기묘한 사실들이 넘쳐날지 몰라도 과학적으로는 가치가 없었다는 겁니다. 그 책들은 진실의 하얀 불빛이 아닌 감정의 붉은빛 아래에서 쓴 것이었습니다. 그 책들은 모두 반납해서 거대한 벌집 안 각자의 작은 방으로 다시 돌아가야 마땅했어요. 그날 오전의 작업으로 내가 얻은 수확은 분노를 확인했다는 사실 딱 하나였습니다. 그 교수들은(나는 이들을 똑같이 취급하기로 했어요) 화가 났어요.

왜일까, 하고 자문했죠. 책을 반납하면서도 왜일까, 반복해서 물었고, 돌기둥 아래에 서서 비둘기 떼와 선사시대의 카누에 둘러싸인 채 생각했어요. 그들은 왜 화가 났을까? 나 자신에게 이 질문을 던지면서 점심 먹을 곳을 찾아 거리를 거닐었어요. 지금 이 순간 내가 그들의 분노라고 명명한 것의 진정한 본질은 무엇일까? 대영박물관 근처의 작은 식당에서 점심을 먹는 내내 머릿속을 맴돌 수수께끼였죠.

내 앞에 다녀간 손님이 석간신문의 오전판을 의자에 두고 갔기에 음식을 기다리며 한가롭게 기사 제목을 읽기 시작했어요. 아주 큰 글자들이 신문의 한 면을 가로지르고 있었어요. 남아프리카에서 대성했다는 사람의 기사였어요. 그보다 작은 글씨는 오스틴 체임벌린 경이 제네바를 방문했다는 내용이었죠. 어느 집 지하 창고에서 발견된 고기 칼에 사람의 머리카락이 붙어 있었다는 기사도 보였어요. 이혼 법정에 나온 판사님이 여성의 파렴치함에 대해 언급하기도 했고요. 그 외에도 이런저런 자잘한 기사가 구석구석 실려 있었어요. 캘리포니아에서는 여배우를 산 정상에서 내려뜨려 공중에 매달았다고도 하고, 오늘 날씨는 안개가 낄 거라고도 했어요.

이 지구를 아주 잠깐 스쳐가는 방문객조차도 이 신문을 집어들었다면, 이처럼 산발적인 증언만으로도 영국이 가부장 사회라는 사실을 놓칠 수 없을 거라고 생각했어요. 지각이 있다면 그 교수의 지배력을 감지하지 않을 수 없습니다. 권력, 돈, 영향력이 모두 그의 것이었으니까요. 그가 바로 그 신문의 사주이고, 편집장이고, 편집사원이었어요. 그가 외무장관이고 판사였어요. 그는 크리켓 선수였고, 경주마와 요트를 소유했어요. 그는 주주들에게 투자금의 두 배를 돌려주는 회사의 중역이었어요. 그는 직접 운영하는 자선단체와 학교에 수백 파운드를 기부했어요. 그는 여배우를 공중에 매달기도 했죠. 식칼에 묻은 털이 사람의 것인지 판단하는 사람도 그 남자이고, 살인자에게 무죄 혹은 유죄를 선고하는 사람도 그 남자이며, 살인자를 교수형에 처할지 무죄 방면할지 결정하는 사람도 그 남자입니다. 런던의 안개를 제외하곤 그가 모든 걸 통제합니다.

그런데도 그는 화가 났어요. 그가 화났다고 생각한 이유가 있어요. 나는 그가 여성에 관해 쓴 글을 읽으면서 그가 말하는 내용에 집중하지 못하고 그 사람에 대해 생각하기 시작했어요. 논자가 감정을 배제하고 논쟁에 임하면 오직 자신의 주장에 대해서만 생각하는데, 독자 역시 저자의 주장에만 집중할 수 있습니다. 그가 여성에 대해 감정에 치우치지 않은 채 냉정하게 글을 쓰고, 자신의 주장을 정립하기 위해 반론의 여지가 없는 증거를 활용하고, 결론이 이것이 아니라 저것이 되길 바라는 듯한 인상을 남기지 않았다면 독자도 화날 이유가 없었겠죠. 그랬다면 독자도 완두콩이 초록색이고 카나리아가 노란색이라는 걸 인정하듯 사실을 있는 그대로 받아들였을 거예요. 나 역시 "그러면 좋다"라고 말했을 거예요.

하지만 그가 화났기 때문에 나도 화가 났어요. 그러나 석간신문을 넘기며 이 모든 힘을 거머쥔 남자가 화난다는 사실이 너무나 터무니없는 일이라고 생각했어요. 아니면 혹시 분노라는 게 권력을 따라다니는 수행 도깨비 같은 것일까요? 예를 들어 부자는 가난한 사람이 자신의 부를 빼앗아갈까 봐 분개하곤 하잖아요. 교수들은, 더 정확한 호칭으로 가부장들은 분노의 이유가 부분적으로는 그것일 수도 있지만 또 다른 이유는 사실 수면 위에 분명히 드러나지 않습니다. 어쩌면 그들은 전혀 '분노'하지 않았는지도 몰라요. 사실 사적인 인간관계에서는 여성을 찬미하고 헌신하는 모범적인 사람들이었어요. 그 교수가 너무 과하다 싶을 정도로 단호하게 여성의 열등함을 주장하면서 여성의 열등함보다는 자신의 우월함을 더 걱정했을 수도 있어요. 그 우월함은 대단한 가치가 있는 보석이기 때문에 과도하게 강조하며 방어하기에 급급했던 것이죠.

남성이든 여성이든 삶은(나는 어깨를 맞대고 보도를 걸어가는 그들을 바라봤어요) 똑같이 고되고 힘든 끝없는 투쟁입니다. 어마어마한 용기와 힘이 필요하지요. 환상을 품고 사는 동물인 우리에게는 그 무엇보다 자신감이 필요할 수도 있겠네요. 자신감이 없다면 우리는 요람 속의 아기와 다를 게 없어요.

가늠하기 어려운, 그러나 아주 소중한 이 자질을 가장 빨리 갖추는 방법은 무엇일까요? 다른 사람들이 자기 자신보다 열등하다고 생각하면 됩니다. 다른 사람들에 비해 선천적인 우월함(부, 지위, 오뚝한 콧날 혹은 조지 롬니*가 그린 할아버지의 초상화일 수도 있어요. 인간의 상상력으로 만들 수 있는 한심한 계책은 정말 끝이 없으니까요)을 가졌다고 느끼면 됩니다. 따라서 누군가를 정복하고 지배해야 하는 가부장에게 수많은 사람이, 실질적으로는 인류의 절반에 해당하는 사람이 선천적으로 자신보다 열등하다고 느끼는 것은 대단히 중요한 문제였던 겁니다. 그것이 그가 가진 힘의 가장 주요한 원천임이 분명해요.

이 견해를 현실의 삶에 대입해보려고 합니다. 이

* 조지 롬니George Romney, 1734~1802는 영국의 초상화가로서 지역 귀족들의 초상화를 그리는 화가로 명성이 높았다.

견해가 일상의 여백에 적어둔 심리학적 수수께끼를 조금이라도 설명할 수 있을까요? 언젠가 인정 넘치고 겸손한 남자인 Z가 레베카 웨스트**의 책을 들어 보이며 "정말 극단적인 페미니스트로군! 이 여자는 남자들을 속물이라고 하네!"라고 외쳤을 때 적이 놀란 나의 마음을 설명할 수 있을까요? Z의 외침에 너무나도 놀란 이유는, 웨스트 양의 발언이 남성에게 기분 좋은 얘기는 아니겠지만 틀린 얘기도 아닌데, 그것 때문에 웨스트 양을 극단적인 페미니스트로 매도했기 때문이에요. 그것은 단순히 상처 입은 허영심의 외침이 아니라 그들의 자신감을 건드린 데 대한 항의였던 겁니다.

여성은 수 세기 동안 거울의 역할을 해왔어요. 남성을 원래 크기보다 두 배는 더 크게 비추는 거부할 수 없는 힘과 마법을 지닌 존재였죠. 그 힘이 없었다면 이 세상은 아직까지 늪과 밀림 상태일지도 몰라요. 인류 전쟁사의 모든 영광도 없던 일이 됐을 거고

** 레베카 웨스트는 이사벨 페어필드의 필명이다. 작가, 기자, 문학비평가이며 자유롭고 페미니스트적인 견해로 유명하다.

요. 우리는 아직도 양고기 뼛조각에 사슴 윤곽을 그려넣고 부싯돌과 사슴 가죽 혹은 미개한 취향에 맞는 장신구를 물물교환하며 살고 있을지도 몰라요. '초인超人*'이나 '운명의 손가락' 개념도 존재하지 않았겠죠. 차르와 카이저는 머리에 왕관을 얹지도 빼앗기지도 않았을 테고요. 문명 사회에서 그 기능이 무엇이든 그 거울은 폭력적이고 영웅적인 모든 행위에 꼭 필요했습니다.

나폴레옹과 무솔리니가 여성의 열등함을 그토록 강력히 주장한 이유도 여성이 열등하지 않았다면 그들이 큰 인물로 보이지 않았을 것이기 때문입니다. 이것만 봐도 여성이 남성에게 얼마나 필수적인 요소인지 설명됩니다. 남성이 여성의 비평에 얼마나 민감한지도 설명되죠. 여자가 남자들에게 이 책은 별로다, 이 그림은 시시하다, 라고 얘기하면 똑같은 얘기를 남자에게 들을 때보다 훨씬 더 뼈아파하고 분노하는 이유입니다. 여자들이 진실을 말하기 시작하면 거

* 초인의 개념은 니체의 『차라투스트라는 이렇게 말했다』에 등장한다. '초인'은 전 인류의 안녕과 발전을 위해 존재하고 분투하는 인간이다. 조지 버나드 쇼는 니체의 초인 개념을 희곡 『인간과 초인』에서 활용했다.

울 속의 모습이 쪼그라들고 삶에서 그들의 위상도 줄어들기 때문입니다.

남자들이 아침 식탁이나 저녁 식탁에서 자신을 실제보다 두 배 이상 큰 존재로 볼 수 없다면 어떻게 판결을 내리고, 원주민을 교화시키고, 법안을 만들고, 책을 집필하고, 만찬을 위해 옷을 차려입고 연설을 할 수 있을까요? 나는 빵 조각을 바스러뜨리고 커피를 저으며, 때때로 거리의 사람들을 바라보며 그런 생각들을 했죠. 거울에 비친 모습이 정말 중요한 이유는 그것이 활력을 불어넣고 신경계를 자극해주기 때문입니다. 남자들은 그것을 빼앗기면 죽을지도 몰라요. 코카인을 빼앗긴 마약중독자처럼 말이죠.

거리에 있는 사람 중 절반이 그런 환상의 주문에 걸린 채 일터로 성큼성큼 걸어간다고, 창밖을 내다보며 생각했습니다. 아침이면 그들은 기분 좋은 햇살을 받으며 모자를 쓰고 코트를 입죠. 자신이 스미스 양의 다과회에 빠져서는 안 되는 꼭 필요한 사람이라 믿으며 의기양양하게 하루를 시작할 것입니다. 그리고 방 안에 들어서며 여기 모인 사람의 절반보다 우월하다고 자신에게 말합니다. 그 덕에 자부심과 자신감에 차서 말할 수 있으며, 그것이 또 그들의 사회생활에 막대한 영향을 미치죠. 더불어 개개인의 마음속 한 귀퉁이에 의미심장한 기록을 남깁니다.

상대 성性의 심리라는 위험하고도 매력적인 주제에 대한 이런 생각들은 음식값을 지불하느라 중단되고 말았어요. 이런 주제는 1년에 5백 파운드쯤 받는다면 연구해볼 만할 거라고 생각해요. 음식값은 5실링 9펜스였어요. 나는 웨이터에게 10실링짜리 지폐를 건네주었고 그는 거스름돈을 가지러 갔어요. 내 지갑에는 10실링짜리 지폐 한 장이 더 들어 있었고, 나는 그 사실에 주목했어요. 내 지갑에 저절로 10실링짜리 지폐를 만들어내는 힘이 있다는 사실이 내겐 아직도 숨이 멎을 정도로 놀라운 일이기 때문입니다. 지갑을 열면 지폐가 들어 있죠. 내가 이모와 이름이 같다는 이유 하나만으로 이모가 내게 상속해준 종이 몇 장에 대한 대가로 사회는 내게 닭고기와 커피, 침대와 숙소를 줍니다.

이모 메리 베튼은 봄베이에서 바람을 쐬러 말을 타

고 나갔다가 낙마하여 돌아가셨어요. 유산을 받게 됐다는 소식은 여성에게 투표권을 준다는 법안이 통과된 즈음의 어느 날 밤에 들었습니다. 변호사의 편지가 우편함에 날아들었고, 내가 매년 5백 파운드씩 상속받는다는 내용이 들어 있었죠. 투표권과 돈 중에서 훨씬 더 중요해 보인 건 내가 갖게 된 돈이었습니다.

상속 전에는 신문사에서 잡다한 일을 얻어 여기저기서 열리는 당나귀 쇼나 결혼식에 대한 소식을 쓰며 생계를 꾸려갔어요. 편지봉투에 주소를 쓰고, 노부인들에게 책을 읽어주고, 조화를 만들고, 유치원 아이들에게 알파벳을 가르치면서 푼돈을 벌기도 했죠. 그런 일들이 1918년 이전에 여성이 할 수 있는 주된 돈벌이였습니다. 그런 일이 얼마나 힘든지에 대해선 굳이 설명할 필요가 없다고 생각합니다. 여러분 주위에도 그런 일을 해본 분들이 있을 거라 생각하기 때문입니다. 그렇게 번 돈으로 생활을 꾸려야 하는 어려움 역시 굳이 말할 필요가 없겠죠. 여러분도 그런 경험이 있을 테니까요.

그런 어려움보다 더 큰 고통으로 남은 것은 그 당

시 내 안에 뿌리내린 두려움과 쓰라림이라는 독입니다. 우선 원하지 않는 일을 계속해야 한다는 것 그리고 노예처럼 아첨하고 아양을 떨며 일해야 하는 게 힘들었죠. 꼭 그러지 않아도 됐겠지만 그땐 그래야 할 것만 같았어요. 배짱을 부리기엔 감수해야 할 대가가 너무 컸죠. 숨길 수 없는 재능(별것 아닐지 몰라도 본인에게는 소중한)이 소멸해간다는 느낌, 그와 함께 나 자신도, 나의 영혼도 망가진다는 느낌이 봄꽃을 좀먹고 나무의 영혼까지 파괴해버리는 녹과 같았어요. 그러나 아까도 말했듯이 이모가 돌아가셨고 10실링짜리 지폐를 바꿀 때마다 그 녹과 부식된 부분들이 조금씩 떨어져나갔으며 두려움과 비통함도 사라졌어요.

은화를 지갑에 넣고 그날들의 비통함을 떠올리며 고정된 수입이 불러올 수 있는 성격의 변화는 참 놀랍다고 생각했어요. 세상의 어떤 권력도 나의 5백 파운드를 빼앗아갈 순 없습니다. 음식, 집, 옷은 영원히 제 것이 됐습니다. 그렇게 해서 노력과 노동만 멈춘 게 아니라 증오와 비통함도 사라졌습니다.

나는 어떤 남자도 미워할 필요가 없어졌어요. 그들이 나를 해칠 수 없으니까요. 나는 어떤 남자에게도 아첨할 필요가 없습니다. 그에게 얻어내야 할 게 없으니까요. 그리고 나도 모르게 차츰차츰 인류의 절반인 남성을 향한 새로운 태도를 취하게 됐어요. 어떤 계급이나 어떤 성性 전체를 싸잡아 원망하는 건 터무니없는 일이 됐죠.

자기가 하는 일에 절대 책임지지 않는 사람도 상당히 많습니다. 그들은 스스로 통제하지 못하는 본능에 따라 행동하죠. 가부장이나 교수들 역시 끝없는 어려움과 결정적인 결점에 맞서 싸웁니다. 그들이 받은 교육도 어떻게 보면 내가 받은 것만큼이나 불완전합니다. 교육이 그들의 결점을 키웠으니까요. 그들이 돈과 권력을 가진 건 사실이지만, 그것은 영원히 간을 찢어발기고 폐를 쪼는 독수리나 매의 심장을 품은 대가입니다. 소유를 향한 본능, 획득에 대한 격정이 타인의 영토와 재산을 영원히 갖고 싶다는 욕구를 불러일으키죠. 그래서 그들은 국경과 깃발을 만들고, 전함과 독가스를 만들어 자신과 자기 아이들의 생명을 바칩니다.

애드미럴티 아치*(나는 그 기념물 앞에 이르렀어요) 혹은 전승기념비나 대포를 세워둔 거리들을 걸어가며 그곳에서 기념하는 영광의 형태를 생각해보세요. 혹은 봄볕 아래에서 증권중개인이나 변호사들이 돈을 벌고, 벌고, 또 벌기 위해 건물 안으로 들어가는 모습을 생각해보세요. 1년에 5백 파운드만 있어도 햇볕을 쬐며 살 수 있는데 말이죠. 그런 욕구를 가슴에 품고 살면 불쾌할 거라고 생각했습니다. 그런 욕구는 그들 삶의 환경, 즉 문명의 결핍 때문에 심어진 것이라고, 케임브리지 공작의 조각상, 특히 그의 삼각모 깃털을 주시하며 생각했어요. 그들은 이런 눈길을 받아보지 못했을 겁니다.

이런 결점들을 인식하자 두려움과 비통은 연민과 관용으로 변해갔어요. 그리고 다시 한두 해가 지나자 연민과 관용조차 사라졌고 모든 걸 내려놓을 수 있었죠. 그건 모든 걸 있는 그대로 생각할 수 있는 자유였

* 1911년 에드워드는 7세가 빅토리아 여왕을 기념하기 위해 건설한 아치다. 근처에 해군성이 있어 애드미럴티 아치라고 부른다.

어요. 예를 들면 나는 저 건물을 좋아하는가, 싫어하는가? 저 그림은 아름다운가, 그렇지 못한가? 저 책은 내가 보기에 좋은 책인가, 나쁜 책인가? 이모의 유산은 내게 하늘을 가린 장막을 벗겨주었고 밀턴이 영원히 숭배하라고 말한 위압적인 신사의 상 대신 탁 트인 하늘을 볼 수 있게 해줬어요.

그런 생각과 이런저런 추측을 하며 강 옆에 있는 우리 집을 향해 걸었어요. 가로등 불이 들어왔고 런던은 아침과 사뭇 다른, 말로는 표현하기 힘들지만, 확실히 달라진 모습이었어요. 거대한 기계가 우리의 도움을 받아 하루 종일 가동된 끝에 무척 흥미롭고 아름다운 무언가를 만들어낸 것 같았죠. 붉은 눈동자가 빛나는 천과 뜨거운 입김을 내뿜으며 포효하는 괴물 같은 것 말이에요. 집을 향해 휘몰아치고 광고판을 흔들어대는 바람마저 나부끼는 깃발처럼 보였어요.

반면 나의 작은 거리는 소소한 일상으로 분주했지요. 집을 단장하는 페인트공은 사다리에서 내려오고, 보모는 조심스레 유모차를 밀며 들락거리다가 차를 마시기 위해 들어가고, 석탄운반공은 빈 자루를 접어 포개놓고, 청과상 주인 여자는 빨간 장갑을 낀 손으로 하루의 수입을 헤아리고 있었어요. 하지만 나는 여러분이 내 어깨에 얹어준 문제에 너무나도 골몰한 나머지 이런 일상의 풍경을 볼 때조차 그것들을 하나의 주제와 연관시키지 않을 수 없었습니다.

이런 일 중에서 어느 것이 더 가치 있고 더 필요한지 판단하기는 지금이 백 년 전보다 더 힘들다는 생각이 들었어요. 석탄운반공이 되는 게 더 나을까, 보모가 되는 게 더 나을까? 자식 여덟을 낳아 기른 청소부 아주머니는 10만 파운드를 벌어들이는 변호사보다 세상에 대한 기여도가 낮은 걸까? 사실 이런 질문 자체가 무의미합니다. 아무도 대답할 수 없으니까요. 청소부와 변호사의 상대적 가치 자체가 시대에 따라 달라지기 때문이기도 하지만, 무엇보다 우리에겐 두 가지 일의 가치를 가늠할 기준이 없기 때문입니다.

한때 나는 여성에 대한 견해를 밝힌 교수에게 '반박 불가능한 증거들'을 제시해달라고 요청할 정도로 어리석었죠. 어느 시점에서 어떤 재능의 가치를 평가

할 수 있다 하더라도 그런 가치들은 변하기 마련입니다. 아마 백 년 정도의 시간이면 완전히 달라질 거예요. 게다가 백 년 후쯤이면 여성은 더 이상 보호받는 존재가 아닐 거라고, 우리 집 현관 계단을 오르며 생각했어요.

필연적으로 여성은 한때 거부당한 활동과 직무에 참여할 겁니다. 보모가 석탄을 나르고, 여점원이 기관차를 운전하는 날이 올 거예요. 여성이 보호받는 성이라는 전제 위에 세워진 가정들은 모두 사라질 겁니다. 예를 들면(지금 한 분대의 군인들이 거리를 행진하며 지나가네요) 여자와 성직자와 정원사는 다른 사람들보다 수명이 길다는 속설 말이에요. 그 보호를 풀어버리고 여성도 똑같은 활동과 직무를 맡을 수 있어야 합니다. 여자가 군인, 선원, 기관사, 부두노동자가 된다고 해서 남자보다 훨씬 더 젊은 나이에 훨씬 빨리 죽어나간다거나 하여 과거에 "나, 오늘 비행기 봤어!"라고 말한 것처럼 "나, 오늘 여자 봤어!"라고 말할 일은 생기지 않을 거라는 얘기예요. 여성이 보호받는 직업에만 종사하는 시대가 끝나면 무엇이든 가능해질 거라고, 현관문을 열며 생각했어요. 하지만 이 사실이 나의 강연 주제인 '여성과 픽션'하고 무슨 관련이 있을까요? 집 안으로 들어서며 나 자신에게 물었습니다.

3 장

*

저녁때까지 중요한 진술이나 믿을 만한 사실 하나 건지지 못하고 돌아왔다는 것은 정말 실망스러운 일이었습니다. 여성이 남성보다 가난한 데는 이런저런 이유가 있겠죠. 어쩌면 이제는 진실을 찾는 건 그만두고 용암처럼 펄펄 끓거나 구정물처럼 탁한 수많은 견해를 머리에 담으려는 노력을 포기해야 할 때라는 생각이 들어요. 커튼을 내리고 산만한 것들을 차단하고 램프의 불을 밝히고 질문들을 정리하고 추려서 역사학자들에게 묻는 편이 나을 것 같아요. 그래서 자기 견해 대신 사실을 있는 그대로 기록하는 역사학자들에게 수 세기에 걸친 역사가 아닌, 엘리자베스 여왕의 시기에 영국 여성이 어떤 환경에서 살아왔는지 묻기로 했어요.

남자는 너나 할 것 없이 노래나 소네트*를 썼는데 훌륭한 문학 작품을 남긴 여성이 없다는 건 영원히 풀리지 않는 수수께끼였어요. 여성이 살아온 환경은 어떤 것이었나, 자문했죠. 창의적 작업이 필요한 픽션은 어느 날 갑자기 조약돌처럼 땅에 툭 떨어지는 게 아니기 때문이에요. 과학은 그럴 수도 있지만요.

픽션은 거미줄과 같죠. 아주 가볍게 붙어 있지만 삶의 네 귀퉁이에 찰싹 달라붙어 있어요. 픽션이 삶에 달라붙어 있다는 걸 인지조차 못 할 때가 많죠. 예를 들어 셰익스피어의 희곡은 그 어떤 도움도 없이 완전한 존재로 공중에 떠 있는 듯 보이거든요. 그러나 거미줄 끝을 잡아채서 옆으로 잡아당기면 가운데

* 소네트sonnet는 서양 시가다.

가 찢어지죠. 그제야 셰익스피어의 거미줄도 형체가 보이지 않는 존재가 공중에 짜놓은 게 아니라 고통받는 한 인간의 작품이며 건강, 돈 그리고 우리가 사는 집처럼 지극히 물질적인 것들과 결부되었음을 깨닫게 됩니다.

그리하여 역사책이 꽂혀 있는 서가로 가서 최근에 나온 트리벨리언 교수**의 『영국사』를 뽑아들었어요. 목차에서 여성에 대한 부분을 찾다가 '여성의 지위'를 발견하고 해당 페이지를 펼쳤죠. "아내를 학대하는 건 남성의 권리로 인식됐고, 신분의 고하를 막론하고 수치심 없이 자행됐다." 역사학자의 설명은 계속됐어요. "딸이 부모가 선택한 남자와 결혼하지 않겠다고 거부할 경우 감금되거나 매를 맞고 방에 내던져지는 것이 남 보기에도 전혀 이상한 일이 아니었다. 결혼은 개인의 애정이 아닌 가족의 탐욕과 관련된 문제였으며 이런 현상은 '격식을 차리는' 상류층에서 더 두드러졌다. … 약혼은 남녀 양쪽이 요람에

** 조지 트리벨리언George Macaulay Trevelyan, 1876~1962은 영국사에 관한 책을 여러 권 남긴 영국의 역사가다.

누워 있을 때부터 성사되는 경우가 많았고, 결혼은 아이가 유모의 손길을 채 벗어나지도 못했을 때 이루어지기도 했다." 1470년, 초서* 시대 직후의 얘기입니다.

여성의 지위에 대한 언급은 그때부터 2백 년 뒤인 스튜어트 왕조 때였어요. "이때도 여전히 상류층이나 중산층 여성이 남편감을 직접 고르는 것은 예외적인 일이었고, 남편이 정해지고 나면 그는 법과 관습이 허용하는 아내의 주인이자 지배자가 됐다." 트리벨리언 교수는 이렇게 결론을 맺어요. "그럼에도 불구하고 셰익스피어 작품에 등장하는 여성들이나 버니**와 허친슨***의 작품처럼 믿을 만한 17세기 회고록의 여성들을 보면 개성이나 성격이 결여된 것 같지 않다."

잘 생각해보면 클레오파트라도 분명 자기만의 방

* 초서Geoffrey Chaucer, 1343~1400는 영국의 작가이자 시인으로 '영국 문학의 아버지'라 불린다. 최대의 걸작 『캔터베리 이야기』를 남겼으며 중세 후기 영어의 새로운 지평을 열었다는 평가를 받는다.

** 버니Frances Parthenope Verney, 1819~1890는 플로렌스 나이팅게일의 언니이자 빅토리아 시대의 작가다. 17세기 버니 가족의 회고록을 썼다.

*** 허친슨Lucy Hutchinson, 1620~1681은 『허친슨 대령의 삶의 회고록』이라는 제목으로 남편에 대한 회고록을 집필한 전기작가다.

식이 있었고, 맥베스 부인도 누구나 짐작하겠지만 자기 의지가 있고, 로잘린드****는 매력적인 아가씨죠.

트리벨리언 교수가 셰익스피어 작품의 여자들은 개성이나 성격의 결핍이 보이지 않는다고 한 말은 엄연한 사실이에요. 역사학자가 아니더라도 태초부터 지금까지 시인들의 작품에서 횃불처럼 불타오른 여자의 이름을 줄줄 댈 수 있습니다. 극작가의 작품 중에는 클리템네스트라, 안티고네, 클레오파트라, 맥베스 부인, 파이드라, 크레시다, 로잘린드, 데스데모나, 말피 공작부인 등이 있고, 산문작가의 작품 중에는 밀라먼트, 클라리사, 베키 샤프, 안나 카레니나, 에마 보바리, 게르망트 부인 등이 떠오르는데 이들이 '개성과 성격이 결핍된' 여자라고는 생각되지 않아요.

남자가 쓴 픽션에 등장하는 여성 외에 다른 여성들이 세상에 존재하지 않는다면, 여자는 지극히 중요하고 아주 다양하며, 영웅적이면서도 비열하고, 품성이 훌륭하면서도 부도덕하고, 빼어난 미인이거나 지독

**** 로잘린드는 셰익스피어의 희극 『뜻대로 하세요As you like it』의 여주인공이다.

히 훌륭하게 생겼고, 남자만큼이나 위대하며 때론 남자보다 더 위대합니다*. 하지만 이런 여성들은 픽션의 인물일 뿐이죠. 트리벨리언 교수가 지적했듯이 현실의 여성은 감금당하거나 방에서 얻어맞고 이리저리 내동댕이쳐지는 존재였습니다.

이렇게 하여 아주 기묘하고 복합적인 존재가 출현합니다. 상상 속의 그녀는 지극히 중요하지만 현실에서는 극도로 하찮은 존재죠. 시집을 펼치면 처음부터 끝까지 온통 그녀의 이야기지만 역사 속에서는 그림자조차 찾을 수 없습니다. 픽션에서는 왕과 정복자들을 지배하지만 현실에서는 부모 뜻에 따라 손가락에

* "여성의 지위가 노예나 하녀에 불과했던 아테네 도시국가에서 클리템네스트라, 카산드라, 아토사, 안티고네, 파이드라, 메데아 그리고 '여성혐오자'인 에우리피데스가 쓴 모든 희곡에도 지배적인 여자 주인공이 차례로 등장했다는 것은 참 신기하고 설명이 불가능한 사실이다. 현실에서는 점잖은 여자가 혼자서 거리를 다닐 때는 얼굴조차 내놓을 수 없지만, 무대 위에서는 남성과 동등하거나 오히려 우월한 존재가 된다는 이 세계의 역설은 지금껏 한 번도 제대로 설명된 적이 없었다. 이런 여성 우위 현상은 현대 비극에서도 똑같이 존재한다. 셰익스피어의 작품을 대충 살펴보기만 해도(말로나 존슨은 아니지만 웹스터도 비슷하다) 로잘린드부터 맥베스 부인에 이르기까지 여성의 지배적이고 주도적인 경향이 지속적으로 나타난다. 라신의 작품도 마찬가지다. 그의 비극 여섯 편이 여주인공의 이름을 제목으로 삼았다. 그의 작품에서 에르미온과 앙드로마크, 베레니스와 록산, 페드르와 아탈리에 대적할 만한 남자 등장인물로 누구를 꼽을 수 있을까? 입센도 마찬가지다. 솔베이그와 노라, 헤다와 힐다 반겔, 레베카 웨스트의 상대가 될 만한 남자 인물이 누가 있겠는가?" 『비극』, pp. 114~115, F.L. 루카스.

반지를 끼워준 남자의 노예일 뿐이죠. 문학 작품에서 가장 영감을 주는 말과 가장 심오한 생각의 일부는 그녀의 입에서 흘러나왔지만, 현실에서 그녀는 읽지도, 쓰지도 못하며 남편의 소유물일 뿐입니다.

따라서 역사책을 먼저 읽고 시를 읽은 다음에 여자를 그려보면 정말 기이한 괴물이 만들어집니다. 벌레가 독수리의 날개를 달았거나, 혹은 생명과 미의 정령이 부엌에서 비계를 잘라내는 모습처럼 말이에요. 재미있는 상상이긴 하지만 이런 존재는 실재하지 않습니다. 그녀를 삶으로 불러내려면 시적 사고와 세속적 사고를 동시에 해야 합니다. 그녀를 마틴 부인으로, 서른여섯 살에 파란색 옷을 입고 검은색 모자를 쓰고 갈색 신발을 신은 여자로 그리는 현실의 시각을 유지하면서도, 그녀는 온갖 종류의 정신과 힘이 영원히 흘러넘치고 번뜩이는 그릇이라는 픽션다운 시각도 놓지 않아야 합니다.

그러나 이 방법을 엘리자베스 여왕 시대의 여성에게 적용해보려는 순간, 한쪽 분야가 빛을 잃고 맙니다. 역사적 사실이 턱없이 부족하기 때문입니다. 여성의 사정을 속속들이 아는 사람도 없고, 여성의 완벽한 진실을 제대로 아는 사람도 없어요. 역사 속에서 여성은 별로 언급되지 않습니다. 그래서 트리벨리언 교수에게 역사는 어떤 의미인지 살펴보기 위해 그의 책을 다시 펼쳤어요. 책의 목차를 훑어보니 그의 역사관을 알겠더군요. '중세시대 영주의 하급 법정과 공동 경작제… 시토 수도회와 양 목장… 십자군전쟁… 대학… 하원… 백년전쟁… 장미전쟁… 르네상스 학자들… 수도원 해체… 농민 투쟁과 종교 갈등… 영국 해상 패권의 기원… 무적함대…' 등이었습니다.

이따금 여성이 개인으로 언급되기는 했어요. 엘리자베스나 메리 같은 여왕과 귀부인들 말이죠. 그러나 좋은 머리와 성격 말고는 믿을 게 없는 중류 계급의 여자들은 역사가들의 역사관을 형성하는 역사적인 사건과 흐름에 참여할 방법이 없었어요. 일화를 모아둔 책에서조차 여자를 찾을 수 없죠. 오브리*도 여성은 언급하지 않았어요. 여자는 자신의 삶을 글로 쓰지

* 존 오브리John Aubrey, 1626~1697는 영국의 전기작가로서 각계 명사들의 전기 기록을 남겼다.

않으며 일기를 쓰는 일조차 드물죠. 남아 있는 편지도 별로 없습니다. 희곡이나 시도 남기지 않았으니 비평도 할 수 없습니다.

우리에게 필요한 것은 많은 정보입니다(뉴넘이나 거턴의 똑똑한 학생들이 그런 정보를 찾아 제공하면 참 좋을 텐데 말이죠). 여자들은 몇 살에 결혼했고, 일반적으로 아이는 몇이나 낳았을까? 집은 어땠을까? 자기만의 방이 있었을까? 요리는 직접 했을까? 하인은 두고 살았을까? 이 모든 사실은 어딘가에, 어쩌면 교구 기록부나 회계장부 같은 데 나와 있을 겁니다. 엘리자베스 1세 시대 평범한 여성들의 삶은 여기저기 흩어져 있을 것이고, 누군가 그 기록들을 모아 책으로 엮으면 됩니다.

하지만 있지도 않은 책들을 찾기 위해 책장을 살피며 유명한 대학의 학생들에게 역사를 다시 쓰라고 제안하는 것은 너무 야심에 찬 생각일지도 모릅니다. 역사란 것이 다소 기묘하고 비현실적이고 일방적일 수 있다는 것은 인정하지만, 그렇다고 역사에 다른 내용을 보충하면 안 된다는 법은 없지 않나요? 물론 그 속에 등장하는 여성들이 사회적으로 부당한 대우를 받지 않도록 눈에 잘 안 띄는 제목을 붙여야겠죠? 위대한 인물들의 삶에서 배경으로 물러난 여성들을 보면 윙크, 웃음, 어쩌면 눈물까지도 숨기고 있다는 생각이 들었기 때문이에요.

제인 오스틴의 생애는 익히 알려져 있고, 조안나 베일리*의 비극들이 에드거 앨런 포의 시에 영향을 주었다는 사실은 새삼스럽게 논할 필요가 없으며, 메리 러셀 미트포트의 생가와 그녀가 자주 가던 곳들이 대중들에게 백 년간 폐쇄된다고 해도 나는 별로 개의치 않아요. 다만 한 가지 개탄하는 것은 18세기 이전의 여성에 대해서는 아무것도 알려진 게 없다는 점이라고, 다시 서가를 살피며 생각했어요.

이렇게 저렇게 떠올려볼 만한 모델이 전혀 없는 거죠. 나는 지금 엘리자베스 1세 시대에 여자들이 왜 시를 쓰지 않았는가, 라는 질문을 던지고 있는데 그녀들이 어떻게 교육받았는지, 글 쓰는 법을 배우기나 했는

* 조안나 베일리Joanna Baillie, 1762~1851는 스코틀랜드의 시인이자 극작가이며, 당시 여성 작가로서는 드물게 문학적 성공을 성취했다. 그녀의 비극은 고딕 픽션의 초기 전형으로 평가받는다.

지, 자신만의 공간이 있었는지, 스물하나가 되기 전에 아이를 낳은 여성은 얼마나 되는지, 아침 8시부터 저녁 8시까지 무엇을 했는지 전혀 알지 못합니다. 그녀들은 분명 돈 한 푼 없었고, 트리벨리언 교수에 따르면 아주 어릴 때, 그러니까 열다섯이나 열여섯이면 자기 의지와는 상관없이 결혼해야 했어요.

이런 상황을 볼 때, 여성이 난데없이 셰익스피어의 희곡을 썼다고 하는 건 오히려 지극히 이상한 일이 될 거라는 결론이 나왔어요. 그리고 지금은 이 세상 사람이 아닌 주교 출신의 노신사가 떠올랐어요. 그는 과거는 물론 현재 그리고 미래에도 여성이 셰익스피어의 천재성을 갖는 것은 불가능하다고 단언했죠. 신문에 그런 글을 기고했어요. 그에게 질문한 여성을 향해 고양이는 영혼 비슷한 것이 있다 한들 천국에 갈 수 없다고 말하기도 했답니다. 그런 노신사들 덕분에 우리는 생각하는 데 필요한 수고를 얼마나 줄이는지요! 무지의 영역은 또 얼마나 줄어드는지요! 고양이는 천국에 갈 수 없고 여자는 감히 셰익스피어의 희곡을 쓸 수 없답니다.

나는 책장에 꽂혀 있는 셰익스피어의 작품을 바라보면서 적어도 이 점만큼은 그 주교의 말이 옳았다고 생각하지 않을 수 없었어요. 셰익스피어가 살았던 시대의 여자들은 셰익스피어의 작품을 쓰는 것이 전적으로 불가능한 일이었을 겁니다. 실제 사례는 너무나도 찾기 어려워서 셰익스피어에게 뛰어난 재능을 가진 주디스라는 여동생이 있었다면 어떻게 됐을까 상상해보기로 했어요.

셰익스피어는 중등학교까지 다녔을 가능성이 아주 높아요. 어머니가 상당한 재산을 상속받았으니까요. 셰익스피어는 학교에서 라틴어 작품(오비디우스, 베르길리우스, 호라티우스 등)과 문법, 논리의 기초를 배웠을 거예요. 잘 알려진 대로 셰익스피어는 토끼를 잡고 사슴을 쏘는 말썽꾼이었으니까 보통의 경우보다 이른 나이에 동네 아가씨와 결혼하고, 그의 아내는 속도위반으로 아이를 낳았겠죠. 그런 무모한 연애 행각 때문에 런던으로 가서 돈을 벌 수밖에 없었어요. 그는 연극에 관심이 있었기에 극장 뒷문에서 말을 돌보는 일부터 시작했어요. 머지않아 극장 안의 일을 구했고,

결국 배우로 성공해 세상의 중심에서 만나고 싶은 사람 다 만나며 인맥을 넓혀갔죠. 무대 위에서는 예술을 원 없이 펼치고 거리에서는 재치를 뽐내며 왕궁에 가서 여왕도 알현했죠.

그러나 비범한 재능을 지닌 여동생은 집에 남아 있었어요. 그녀는 오빠만큼이나 세상을 궁금해할 정도로 모험심이 강하고 상상력도 풍부했죠. 그러나 학교에 다니지 못했어요. 호라티우스와 베르길리우스의 작품은 고사하고 문법이나 논리를 배울 기회도 없었어요. 가끔 오빠의 책을 집어들고 조금씩 읽었을지도 몰라요. 부모님은 멍하니 책이나 읽을 시간에 양말을 깁거나 스튜가 끓는 걸 지켜보라고 했겠죠. 따끔하게, 그러나 따뜻하게 말했을 거예요. 부모님은 여자의 인생을 잘 아는 데다 딸을 사랑했을 테니까요. 정말로 아버지에게는 눈에 넣어도 아프지 않은 귀한 딸이었답니다.

어쩌면 그녀는 아무도 모르게 다락에 숨어 글을 썼을지도 몰라요. 하지만 잘 숨겨두거나 태워버렸겠죠. 그러다가 스무 살도 안 된 나이에 이웃 양모 상인의 아들과 약혼하게 됩니다. 그런 결혼은 절대 원치 않는다고 울부짖었지만 아버지에게 매질을 당할 뿐이었어요. 아버지는 꾸짖고 때리는 걸로 딸을 막을 수 없자 결혼 문제로 망신을 당하거나 피해를 보지 않게 해달라고 사정하기 시작했어요. 구슬 목걸이와 좋은 페티코트를 주겠다며 눈물을 글썽였죠. 이런 아버지를 어떻게 거역할 수 있겠어요? 어떻게 아버지를 가슴 아프게 할 수 있겠어요?

하지만 재능이 그녀를 가만두지 않았어요. 어느 여름밤 간단히 짐을 꾸린 뒤 창문에서 밧줄을 타고 내려가 런던으로 떠났답니다. 열일곱도 채 되지 않은 나이였어요. 그녀는 울타리 위에서 노래하는 새들보다도 음악적 재능이 뛰어났죠. 오빠처럼 언어의 곡조를 살리는 재능이 뛰어났고 세상에 대한 환상도 있었어요. 연극에도 관심이 있었고요.

그녀는 극장 뒷문에 서서 연기를 해보고 싶다고 말했어요. 남자들은 대놓고 비웃었죠. 뚱뚱하고 입 싸게 생긴 극장관리인은 큰 소리로 웃어댔어요. 푸들이 춤추는 거나 여자가 연기하는 거나 다를 게 없다고 소리

쳤죠. 여자는 배우가 될 수 없다고 했어요. 그리고 여러분도 짐작할 만한 제안을 넌지시 건넸죠. 그녀는 연기를 배울 방법이 없었어요. 선술집에서 저녁을 먹거나 자정에 거리를 돌아다니는 건 가능했을까요?

하지만 픽션에 대한 남다른 재능은 남자와 여자의 삶과 그 삶을 사는 방식에 대해 알고 싶다는 끝없는 욕구를 불러일으켰어요. 그리고 결국은(그녀는 아주 젊었고, 잿빛 눈동자와 둥근 눈썹은 시인인 셰익스피어와 신기할 정도로 닮았던지라) 그녀를 애처롭게 여긴 극단 책임자 겸 배우인 닉 그린의 아이를 뱄다는 사실을 알았어요. 여자의 몸 속에 얽히고 갇힌 시인의 열정과 격렬함을 과연 누가 헤아릴 수 있을까요? 어느 겨울밤 결국 그녀는 자살했고, 지금은 정류장이 된 엘리펀트 앤드 캐슬 바깥쪽 교차로*에 묻혀 잠들었답니다.

셰익스피어가 살았던 시대에 여자가 그와 같은 재능을 타고났다면 이야기는 대충 이렇게 흘러갈 거예

* 1961년 자살법Suicide Act이 통과되기 전까지 영국에서 자살이나 자살 기도는 범죄로 취급됐고, 전통적으로 범죄자(특히 자살한 사람)는 교차로에 매장했다.

요. 하지만 나는 셰익스피어 시대에 여자가 셰익스피어의 재능을 타고난다는 것 자체가 상상할 수 없는 일이라는, 고인이 된 주교의 의견에 동감합니다. 셰익스피어 같은 천재는 못 배우고 굽실거리며 사는 노동자 중에서는 탄생할 수 없으니까요. 잉글랜드의 색슨 족과 브리튼 족*에서도 태어나지 않았어요. 지금의 노동 계급에서도 태어나지 않죠.

그런데 트리벨리언 교수의 말대로 다 자라기도 전에 부모에 의해, 그리고 모든 법과 관습의 힘으로 노동을 시작해야 하는 여성들 사이에서 그런 천재가 탄생하는 게 과연 가능할까요? 물론 노동자 계급에서도 천재가 배출됐으므로 여성 중에도 분명 천재가 나오긴 했을 거예요. 이따금 에밀리 브론테와 로버트 번스** 같은 이들이 나타나 재능을 활활 태우며 존재

* 색슨 족Saxons은 원래 독일에 살았던 민족으로 그들 중 일부가 5~6세기 영국에 정착했다. 브리튼 족Britons은 켈트계 민족 중에서 철기시대부터 초기 중세 사이 브리턴 섬에 정착한 일파다.

** 로버트 번스Robert Burns, 1759~1796는 스코틀랜드에서 가장 유명하고 가장 사랑받는 시인이다. 가난한 농사꾼의 아들로 태어나 빈곤 속에서 고된 일을 하며 틈틈이 시를 썼다. 스코틀랜드 문학의 상징으로 인정받는 스코틀랜드 국민 시인이다.

를 증명하기도 하니까요. 그랬다고 해도 그 재능을 종이에 남기지 못한 건 확실한 것 같네요.

그러나 마녀재판을 받은 마녀, 악령에 홀린 여자, 약초를 파는 지혜로운 여자, 훌륭한 남성의 어머니가 등장하는 글을 읽을 때면 우리가 잃어버린 소설가, 억압받은 시인의 발자취를 따라가고 있다는 생각이 들어요. 말 없는 무명의 제인 오스틴 그리고 자신의 재능이 주는 고통 때문에 미쳐버린 나머지 황무지로 달려나가 머리를 찧거나 큰길가에서 얼굴을 찌푸린 에밀리 브론테를 말이지요.

사실 나는 익명으로 수많은 시를 쓴 사람 중에는 여성이 많을 거라고 감히 생각합니다. 에드워드 피츠제럴드***가 언급했듯이 시나 이야기, 민요를 지어 그것을 아이에게 들려주고, 베를 짜거나 긴긴밤을 보낼 때 그 노래를 부른 사람들은 여성이었을 거예요.

이것이 사실인지 거짓인지는 누구도 알 수 없겠죠. 그러나 내가 만들어낸 셰익스피어의 여동생 이야기

*** 에드워드 피츠제럴드Edward Fitzgerald, 1809~1883는 영국의 시인이자 번역가다.

를 다시 보자니 한 가지는 확실하다고 말할 수 있어요. 16세기에 위대한 재능을 타고난 여자는 분명 미쳤거나 자살했거나, 반은 마녀로 반은 마법사로 몰린 채 두려움과 조롱의 대상이 되어 마을 외곽의 오두막에서 외롭게 생을 마쳤을 거라는 사실입니다. 재능이 뛰어난 여자가 시를 쓰려고 했다면 다른 사람들의 저지로 좌절하고, 자신의 상충하는 본능 때문에 고통 속에서 마음이 산산조각 나며 건강도 잃고 온전한 정신도 잃었을 게 분명하다는 것 정도는 심리학에 밝지 않아도 알 수 있기 때문이죠.

여자가 런던으로 가서 극장 뒷문에 서 있다가 과감하게 극단 책임자를 대면하기까지 험한 꼴을 자초하고 비통을 겪는 과정은 불합리하긴 하지만(순결은 알 수 없는 이유로 특정 사회에서 숭배의 대상이 된 것이므로) 그 어떤 여자도 피할 수 없는 일이었을 거예요. 순결은 그 당시에, 심지어 지금까지도 여성의 삶에서 종교에 버금가는 중요성을 가졌고, 그것을 단단히 감싸버린 신경과 본능 때문에 그 문제만 뚝 끊어내어 대낮의 환한 빛에 드러내기란 보통 용기로는 어려운 일입니다.

16세기 영국에서 시인이나 희곡작가인 여자가 자유로운 삶을 산다는 것은 그녀를 죽음으로 몰고 갈 정도의 스트레스와 딜레마를 겪었음을 의미합니다. 죽음은 피했다고 하더라도 그녀가 쓴 글은 불편하고 병적인 감정과 상상 때문에 왜곡되고 변형되었을 거예요. 그리고 보나마나 여성은 자기 작품에 서명을 남기지 않았을 거라고, 여성의 희곡 작품이 하나도 꽂혀 있지 않은 서가를 돌아보며 생각했습니다. 당연히 그렇게 숨을 수밖에 없었겠지요.

순결이라는 유물이 여성에게 익명을 강요하는 일은 19세기 후반까지도 계속됩니다. 커러 벨*, 조지 엘리엇, 조르주 상드 그리고 그들의 글이 증명하듯 내적 갈등의 희생자였던 여성들은 남자의 이름을 써서 자신을 숨기려 했지만 소용이 없었죠. 여자가 대중의 이목을 끄는 건 혐오스러운 일이라는 전통을 존중한 것인데, 이는 남성에 의해 주입되었거나 남성이 조장한 것입니다(여성의 가장 중요한 덕목은 남의 입에 오르

* 커러 벨은 샬롯 브론테의 필명이다.

지 않는 것이라고 페리클레스*는 말했어요. 정작 본인은 사람들 입에 아주 많이 오르내렸죠).

익명성은 여자들의 핏속을 흐르고, 본인을 숨기고 싶다는 욕구는 여전히 여자들을 지배합니다. 심지어 지금도 여성은 남자만큼 자신의 명성에 신경 쓰지 않고, 묘비나 표지판 앞을 지나갈 때도 자기 이름을 새겨넣고 싶다는 욕구를 느끼지 않죠. 앨프, 버트, 채스 같은 남자들은 본능에 충실해서 예쁜 여자, 심지어 개가 지나가도 "Ce Chien est a moi(저 개는 내 거야)"라고 중얼거립니다. 물론 그건 개한테만 국한되는 게 아니라고, 의회 광장과 지게스알레** 그리고 다른 거리들을 떠올리며 생각했어요. 땅 한 덩어리 혹은 검은 곱슬머리 남자를 보고도 그럴 수 있죠. 그러니 아주 아름다운 흑인 여자를 보고도 그녀를 자기 것으로, 영국 여자로 만들고 싶다고 생각하지 않는 것은 여성의 대단한 장점이 아닌가 생각해요.

* 페리클레스는 고대 아테네의 정치가다.

** 의회 광장은 주요한 기관들로 둘러싸인 영국 런던의 광장이며 윈스턴 처칠, 링컨 등 유명한 정치가들의 동상이 들어서 있다. 지게스알레는 베를린에 있는 대로이며 독일어로 '승리의 거리'라는 뜻이다. 프로이센 왕가의 하얀 조각상이 늘어서 있다. 두 곳 모두 힘, 우월성, 과시를 상징한다.

16세기에 시적 재능을 타고난 여자는 자기 자신과의 갈등에 시달리는 불행한 여자였어요. 삶의 모든 조건은 물론이고 자신의 본능마저도 머릿속에 살아 있는 것들을 표현하는 마음의 상태에 적대적이었죠. 과연 창조라는 행위에 가장 유리한 마음의 상태란 무엇일까요? 그 이상한 행위를 진척시키고 가능하게 만드는 상태가 무엇인지, 그 개념에 도달하는 사람이 과연 있을까요?

나는 셰익스피어의 비극이 실린 책을 펼쳐보았어요. 『리어왕』과 『안토니우스와 클레오파트라』를 쓸 당시 셰익스피어의 마음가짐은 어떤 것이었을까요? 당연히 시를 쓰는 데 가장 우호적인 마음 상태였을 거예요. 그러나 셰익스피어가 그에 대해 언급한 건 전혀 없어요. 다만 막연히 그는 '언제나 거침없이 써나갔을' 거라고 짐작할 뿐입니다.

사실 18세기까지는 작가가 자신의 마음 상태를 직접 밝힌 적이 없습니다. 처음 말한 사람은 아마도 루소일 거예요. 19세기에는 자의식이 발달하여 자기 마음을 고백하거나 자서전 형태로 표현하는 게 문인들의 관행이 됐죠. 그들의 삶을 다룬 책도 나오고, 사후엔 그들의 편지도 출판됐어요. 덕분에 우리는 셰익스피어가 『리어왕』을 쓸 때 어떤 일을 겪었는지는 알 수 없지만, 칼라일이 『프랑스 혁명』을 쓸 때, 플로베르가 『마담 보바리』를 쓸 때, 키츠가 다가오는 죽음이나 세상의 무관심과 싸우며 시를 쓰려고 애쓸 때 어떤 감정이었고 어떤 일을 겪었는지는 알 수 있답니다.

작가 스스로 자신에 대해 고백하고 분석해낸 수많은 현대 문학 작품 덕분에 천재의 작품은 엄청난 역경을 이겨낸 위업이라는 사실을 알 수 있습니다. 작가가 작품을 온전하고 완전하게 써내는 데 모든 상황이 적대적이기 때문이죠. 대개는 물리적 환경도 도움이 되지 않습니다. 개들은 짖어대고, 사람들은 수시로 방해하고, 돈도 벌어야 하고, 건강은 망가지기 마련이죠.

이 모든 역경을 더 견디기 어렵게 만드는 것은 세상의 철저한 무관심과 외면입니다. 세상은 그들에게 시나 소설, 역사를 쓰라고 부탁한 적도 없고 필요로 하지도 않아요. 세상은 플로베르가 적당한 단어를 찾아내든 말든, 칼라일이 이런저런 사실을 세심하게 입증

하든 말든 상관하지 않습니다. 원하지도 않는 데 돈을 지불할 이유는 당연히 없겠지요.

실제로 키츠, 플로베르, 칼라일은 창작하던 젊은 시절에 정신이 산만해지고 낙담할 수밖에 없는 일을 수없이 겪었습니다. 분석과 고백을 담은 책에서 이들의 저주와 고뇌의 외침이 들려옵니다. 비참하게 죽어간 위대한 시인들*. 바로 이것이 그들이 부르는 노래의 핵심이지요. 이 모든 역경에도 불구하고 결실을 낸다면 기적이지만, 작가가 처음에 잉태한 그대로 망가진 구석 없이 온전히 세상에 나오는 책은 없을 거라고 생각합니다.

여성은 그보다 더 심한 역경을 겪어야 했을 거라고, 빈 책장을 둘러보며 생각했어요. 우선 19세기 초까지도 방음이 된 조용한 방은 고사하고 부모가 아주 부자거나 귀족이 아니고서는 여자가 자기만의 방을 갖는다는 것 자체가 상상할 수 없는 일이었어요. 아버지에게 받아 쓰는 얼마 안 되는 돈으로는 옷만 겨우 걸칠 뿐이고, 키츠나 테니슨, 칼라일 같은 가난한 남자들의

* 윌리엄 워즈워스의 1807년 시 「결의와 독립」에서 인용했다.

고통을 줄여준 도보 여행, 프랑스로 가는 짧은 여정, 보잘것없기는 해도 가족들의 요구와 폭압을 피할 수 있는 분리된 셋방 등을 누릴 수 없었습니다.

물리적 어려움도 상당했지만 무형의 것들이 주는 어려움은 훨씬 더 심했어요. 키츠, 플로베르 같은 천재들이 견디기 힘든 건 세상의 무관심이었지만, 여자가 견뎌야 하는 건 무관심이 아니라 적대감이었습니다. 세상은 남자 작가들에게 말한 것처럼 "원한다면 글을 써. 하지만 나랑은 아무 상관 없는 일이야"라고 말하지 않았어요. 세상은 큰 소리로 웃으며 말했죠. "글을 쓴다고? 네가 글을 써서 뭐 할 건데?" 이 부분은 뉴넘과 거턴 심리학자들의 도움을 빌릴 수 있지 않을까, 하고 다시 한번 빈 책장을 바라보며 생각했어요.

유제품 회사에서 보통 우유와 A등급 우유가 쥐에게 미치는 영향을 분석한 내용을 본 적이 있는데, 이제는 좌절감을 주는 말이 예술가의 정신에 미치는 효과를 측정해볼 때가 됐다고 생각합니다. 유제품 회사에서는 쥐 두 마리를 각각 철창에 집어넣었어요. 그중 한 마리는 작고 소심해서 조용히 가만가만 움직였는

데, 다른 한 마리는 몸집이 크고 털에 윤기가 흐르며 대담했어요. 자, 우리는 여성 예술가들에게 어떤 먹이를 주고 있나요? 나는 말린 자두와 커스터드로 차린 저녁 식사를 기억하며 물었어요.

이 질문에 답하려면 그저 석간신문을 펼치고 버컨헤드 경*의 의견을 읽으면 됩니다. 하지만 여성의 글쓰기를 논하면서 굳이 버컨헤드 경의 의견을 베껴 쓸 생각은 없습니다. 잉 사제의 말씀도 언급하지 않겠습니다. 할리 가街**의 의사들이 거리에 메아리가 울리도록 떠들어봤자 눈 하나 깜짝하지 않을 거예요.

그러나 오스카 브라우닝 씨의 말을 인용해보려고 합니다. 한때 케임브리지대학의 유명 인사였고 거턴과 뉴넘 학생들의 시험을 주관한 분이니까요. 오스카 브라우닝 씨는 "어떤 시험지를 검토하든 점수와 관계없이 가장 우수한 여학생이라도 가장 떨어지는 남학생보다 지적으로 열등하다는 인상을 받는다"라고 선언하곤 했습니다.

* F.E. 스미스 버컨헤드F.E. Smith Birkenhead, 1872~1930는 당시의 대법관이다.
** 할리 가는 19세기부터 개인 의료 기관이 밀집한 런던의 거리다.

그렇게 말한 후 브라우닝 씨는 자기 방으로 돌아가(이어지는 이 일화가 그를 다시 보게 하고 그를 품위 있는 큰 인물로 만듭니다) 소파에 마구간지기 아이가 누워 있는 것을 발견합니다. "뼈만 앙상하고 두 볼은 푹 꺼진 데다 혈색도 나쁘고 이는 새까맣고 팔다리도 제대로 움직이지 못하는 것 같았다. '아서로군!(브라우닝 씨는 이렇게 말했어요) 이 아이는 누구보다도 고결하고 착한 아이야.'"

내게는 이 두 그림이 서로를 완벽하게 보완해주는 걸로 보여요. 다행히도 전기문학이 왕성한 이 시대는 두 사례가 서로를 보완해주는 일이 종종 생겨서 우리는 위대한 인물들이 남긴 말뿐 아니라 행동을 통해서도 그들의 견해를 해석할 수 있습니다.

이제는 이런 보완적 해석이 가능해졌지만 50년 전만 해도 중요한 인물들의 입에서 나온 말이 사람들에게 곧바로 엄청난 영향을 미쳤을 거예요. 어떤 아버지가 지극히 좋은 의도에서 딸이 집을 떠나 작가, 화가 혹은 학자가 되는 것을 바라지 않는다고 가정해보죠. 그는 이렇게 말할 거예요. "오스카 브라우닝 씨의 얘기를 들어봐라." 사실 그런 얘기는 오스카 브라우닝 씨만 한 게 아니죠. 《새터데이 리뷰》도 있고 그레그 씨도 있지요. 그레그 씨는 "여성이 존재하는 본질은 남성의 부양을 받고 남성을 섬기는 데 있다"라고 단언한 사람입니다.

지적인 면에서 여성에게는 기대할 게 전혀 없다는 남성들의 견해는 넘쳐납니다. 아버지가 굳이 이런 견해들을 큰 소리로 읽어주지 않아도 자기 힘으로 읽지 못할 딸은 없었습니다. 결국 그런 것들을 읽고, 심지어 19세기에도 딸들은 활력을 잃었을 테고 작품 활동에 치명적인 타격을 입었을 거예요. 그녀들은 '너는 이걸 해서는 안 된다' '너는 저걸 할 능력이 없다' 같은 늘 존재해온 주장에 대항하고 극복해야만 했죠.

어쩌면 소설가는 이 병균에 더 이상 별 영향을 안 받을지도 몰라요. 이미 훌륭한 여성 소설가가 많이 나왔으니까요. 그러나 화가에게는 아직도 작은 상처가 될 수 있으며, 음악가에게는 치명적이라고 생각해요. 지금 여성 작곡가의 위치는 셰익스피어 시대의 여자 배우와 같아요. 내가 만든 셰익스피어의 여동생 이야기에서 닉 그린은 여자가 연기하는 건 개가 춤추는 걸 연상시킨다고 말했어요. 그때부터 2백 년 뒤 존슨은 여자가 설교하는 것에 대해 같은 말을 했지요. 그리고 지금 음악에 관한 책을 펼쳐보니 1928년에도 여자가 작곡하는 것을 언급한 부분이 있네요. "제르맹 타이페르*에 대해서도 존슨 박사가 여성이 설교하는 것에 관해 한 말을 그대로 음악에 적용해서 반복합니다. '여자가 작곡하는 건 개가 뒷다리로 서서 두 발로 걷는 것과 같아요. 제대로 잘하진 못하지만 어쨌든 하는 걸 보면 놀랍죠**.'" 역사는 똑같이 반복됩니다.

나는 오스카 브라우닝 씨의 전기를 덮고 나머지 책들을 밀어놓으며 결론 내렸어요. 19세기까지도 여성이 예술가가 되는 것은 지지받지 못했음이 입증됐다고 말이죠. 지지는커녕 무시당하고, 맞고, 설교의 대상이 되고, 훈계를 들어야 했죠. 여자들은 이런저런 의견에 맞서고 그것이 틀렸음을 증명하느라 긴장하고

* 제르맹 타이페르Germaine Tailleferre, 1892~1983는 프랑스의 작곡가다. 프랑스의 젊은 작곡가 6인으로 구성된 '프랑스 6인조Les Six'의 유일한 여성 멤버다.
** 『현대 음악의 고찰』, p.246, 세실 그레이.

활력도 잃었을 거예요.

우리는 여기서 여성 운동에 많은 영향을 미친, 아주 흥미로우면서도 이해하기 힘든 남성의 강박관념을 마주합니다. 여자가 열등해야 한다기보다는 남자가 우월해야 한다는 뿌리 깊은 욕망이 그것입니다. 이러한 욕망은 우리의 눈이 가는 모든 곳에 남자를 배치하여 예술뿐만 아니라 정치로 입문하는 길까지 막아버립니다. 자신들이 감수해야 하는 위험이 극히 미미하고 부탁하는 사람이 아무리 겸손하며 헌신적이어도 마찬가지죠.

내 기억으로는 정치에 상당히 열정적이었던 레이디 베스버러***도 자신을 완전히 낮추고 그랜빌 레베슨 고어 경에게 편지를 써야 했어요. "정치에 대해 격렬한 마음을 가지고 그 주제에 대해 수많은 말을 했음에도 불구하고 저는 여자가 정치나 다른 중대한 사안에 끼어들어서는 안 되고, 자기 견해를 얘기하는 정도(그것도 견해를 물어봤을 때만)에 그쳐야 한다는 의견에

*** 레이디 베스버러Lady Bessborough, 1761~1821는 혼외정사로 유명한데, 영국의 정치가 그랜빌 레베슨 고어 경도 그녀의 상대였다.

전적으로 동의합니다." 그러고 나서 그 어떤 장애물도 만나지 않을 만한 엄청나게 중요한 일에 자신의 열정을 쏟아붓는데요, 바로 그랜빌 경이 하원에서 한 첫 연설입니다.

나는 아주 이상한 광경이라고 생각했어요. 남성이 여성 해방에 반대해온 역사는 여성 해방 그 자체보다 더 흥미롭습니다. 거턴이나 뉴넘의 젊은 학생들이 사례를 수집하고 이론을 도출해낸다면 아주 재미있는 책이 완성될 거라고 생각해요. 하지만 그 여학생은 두 손에 두툼한 장갑을 끼고 순금처럼 소중한 자신을 보호할 만한 방책을 갖춰야 할 겁니다.

지금은 단지 재미있게 보이기만 하는 것도 한때는 간절하고 절실할 수밖에 없었을 거라고, 레이디 베스버러에 관한 책을 덮으며 생각했어요. 지금은 '수탉이 꼬끼오'라고 제목을 붙인 책에나 스크랩해두었다가 여름밤에 재미 삼아 청중들에게 읽어줬을 견해들도 한때는 여자들을 눈물 쏟게 했을 거라고 장담합니다. 여러분의 할머니나 증조할머니 중에도 눈이 빠지도록 울어댄 분들이 있을 거예요. 플로렌스 나이팅게

일도 고통의 비명을 질렀죠*.

대학에 들어오고 자기만의 거실(침실 겸 거실일 수도 있겠네요)을 누리는 여러분이라면, 뛰어난 천재면 그런 견해는 무시해야 한다고, 남들이 하는 말 따위는 넘어서야 한다고 생각할 수 있을 거예요. 그러나 불행히도 남들이 하는 말에 가장 신경 쓰는 사람들이 천재적인 남자와 여자랍니다. 키츠를 떠올려보세요. 키츠가 자신의 묘비에 새긴 말**을 생각해보세요. 테니슨을 떠올려보세요. 자신을 둘러싼 말에 지나치게 예민한 것이 예술가의 천성임을 부인할 수 없는 명백한 사례들을 더 제시할 필요는 없겠지요. 문학은 타인의 의견에 너무 집착하다가 파멸한 사람들의 잔해로 뒤덮여 있습니다.

그들의 민감한 감수성이 불행을 두 배로 가중하는 것이라 생각하며, '창의적인 작업에는 어떤 마음 상태

* R. 스트레이치의 『대의The Cause』에 실린 플로렌스 나이팅게일의 글 「카산드라」 참조. 플로렌스 나이팅게일은 크림전쟁에 참전한 간호사로 알려져 있지만, 통계학자이자 작가이기도 했다. 「카산드라」는 여성에게 강요되는 무력함과 의존성에 대한 저항으로, 페미니즘 문학의 초기 사례로 평가된다.

** 존 키츠는 "여기 물 위에 이름을 새긴 이가 잠들다"를 묘비명으로 삼아달라는 유언을 남겼다.

가 가장 유리할까?'라는 나의 첫 질문으로 돌아갔어요. 작가에게 내재한 완전한 작품 하나를 온전히 밖으로 끌어내는 엄청난 작업을 성취하려면 예술가의 마음은 셰익스피어의 마음처럼 활활 타올라야 할 거라고, 펼쳐져 있는 『안토니우스와 클레오파트라』를 보며 추측했기 때문이에요. 그 마음에 어떤 장애물이나 해결되지 않은 외부 문제가 있어서는 안 됩니다.

셰익스피어의 마음이 어떤 상태였는지 전혀 모른다고 말하지만, 그 순간에도 우리는 셰익스피어의 마음 상태에 대해 무슨 얘기라도 하는 거죠. 셰익스피어에 대해 아는 게 너무나 없는 이유는(존 돈이나 벤 존슨 혹은 밀턴과 비교해서) 그가 원한과 앙심과 반감을 감추었기 때문일 거예요.

우리는 작가를 연상시키는 그 어떤 '폭로'도 접하지 못했죠. 저항하고, 역설하고, 마음의 상처를 내보이고, 보복하고, 세상이 자신의 어려움과 고충을 목격하도록 하려는 모든 욕구는 그의 안에서 활활 타올라 모두 사라졌습니다. 그래서 그의 시는 자유롭게 방해받지 않고 술술 흘러나왔던 거예요. 자신의 작품을 온전히 표현해낸 사람이 있다면 그는 바로 셰익스피어입니다. 무엇에도 방해받지 않고 활활 타오른 마음이 있다면 그것은 셰익스피어의 마음일 거라고, 다시 책장 쪽으로 돌아서며 생각했어요.

4 장

*

16세기에 그런 마음을 지닌 여성을 발견하는 것은 단연코 불가능했어요. 자식들이 무릎 꿇고 두 손을 모은 엘리자베스 시대의 묘비를 생각해본다면, 여성들의 이른 죽음을 생각한다면, 어둡고 비좁은 방뿐인 그녀들의 집을 본다면, 어떤 여자도 그 당시에는 시를 쓸 수 없었다는 걸 깨달을 겁니다.

우리가 기대해봄직한 사실은 그때부터 얼마의 시

간이 흐른 뒤 지체 높은 귀부인이 다른 여성들에 비해 자유롭고 편안한 입지를 활용해서 괴물로 매도당하는 위험을 감수하며 자신의 이름을 내걸고 무언가를 출판하는 정도일 거예요. 레베카 웨스트처럼 '극단적인 페미니즘'같이 들리지 않게 말해보건대 남자라고 다 속물은 아닙니다만, 그들은 백작부인이 시를 쓰려는 노력을 동정합니다. 작위가 있는 귀부인은 이름 없는 오스틴 양이나 브론테 양이 받았을 법한 격려보다는 훨씬 많은 격려를 받았을 거라 짐작할 수 있죠.

하지만 그런 여성들도 두려움이나 혐오 같은 낯선 감정에 시달렸을 테고 그녀들의 시에도 그 혼란의 흔적이 보였을 거라 짐작할 수 있어요. 레이디 윈칠시*가 그 예라고, 그녀의 시집을 책장에서 뽑으며 생각했어요. 그녀는 1661년 귀족 가문에서 태어나 귀족과 결혼했고 아이가 없었으며 시를 썼죠. 시집을 펼치면 그녀가 여성의 지위에 대해 얼마나 분노했는지

* 레이디 윈칠시는 윈칠시 백작의 부인을 말한다. 본명은 앤 핀치Anne Finch, 1661~1720로 영국에서 처음으로 시를 출간한 여성 시인이다. 여성도 남성과 동등하게 교육받아야 한다고 생각하는 집안에서 성장했다.

바로 알 수 있답니다.

우리는 어떻게 이렇듯 몰락했는가!
잘못된 규칙들
천성이라기보단 교육이 만든 천치들
지성의 모든 발달에서 제외되고
아둔한 존재라 여겨지고 취급됐지
누군가가 좀 더 뜨거운 상상과 억눌린 야망으로
다른 이들보다 높이 날아오르려 하면
너무나도 강력한 반대 무리가 나타나고
번영을 향한 희망은 절대로 두려움을 이길 수 없지

레이디 윈칠시의 마음은 '모든 장애물을 불태워 소진하고 활활 타오르지' 못했음을 분명히 알 수 있어요. 오히려 증오와 불만에 가득 차서 지치고 산만해졌죠. 그녀에게 인류는 두 개의 당파로 나뉘었어요. 남자들은 '반대 무리'이며 증오하고 미워했죠. 그들에게는 그녀가 간절히 하고 싶은 일인 글쓰기를 막아낼 힘이 있었기 때문이에요.

안타깝도다! 펜을 잡으려고 한 여성은
주제넘은 존재라 여겨져
그 잘못은 그 어떤 미덕으로도 구원될 수 없네.
그들은 우리가 우리의 성性과 그 역할을 착각했다고 하지.
좋은 가정 교육, 유행, 춤, 치장과 유희가
우리가 추구해야 하는 성취라고 하지.
글을 쓰고, 읽고, 생각하고, 질문하기는
우리의 미美를 흐리고 시간을 낭비하며
우리의 전성기를 누리지 못하게 방해할 뿐이고
지루하고 너절한 집안 살림은
우리의 최고 기술이자 쓸모라고 하네.

레이디 윈칠시는 자신의 글이 절대 출판되지 않을 것을 알면서도 글을 쓰도록 자신을 격려해야 했고, 슬픈 노래로 자신을 위로해야 했어요.

몇몇 친구들에게 그리고 그대의 슬픔에 노래한다.
월계관은 그대의 운명이 아니었다고.

너무나도 어두운 그대의 그림자 아래,
당신은 만족해야 한다고.

그녀가 증오와 두려움에서 해방되어 마음속에 비통과 분개를 쌓아놓지 않았다면 내면의 불길은 분명 뜨겁게 타올랐을 거예요. 때때로 순수한 시의 언어가 흘러나오기도 하거든요.

빛바랜 비단으로도 만들지 않겠네.
결코 흉내 낼 수 없는 장미를 어렴풋이.

이런 시들은 머리 씨*에게 당당히 찬사를 받았고, 알렉산더 포프는 그녀의 시를 기억했다가 자기 작품에 써먹기도 했다고 합니다.

이제 수선화가 연약한 이성을 압도하고
우리는 그 향기로운 고통 아래 정신을 잃는다.

* 존 미들턴 머리John Middleton Murry, 1889~1957는 영국의 작가이자 저명한 문학비평가다.

이런 글을 쓸 수 있는 여자가, 자연과 사색에 조화로운 마음을 지닌 여자가 내내 분노와 비통함을 느낄 수밖에 없었다니 유감천만입니다. 하지만 그녀가 달리 어쩔 수 있었을까요? 경멸과 비웃음, 아첨꾼들의 아부, 시인들의 회의적인 태도를 상상하며 자문해보았어요. 남편이 착한 사람이고 결혼생활이 완벽했다해도 그녀는 시골집에서 문을 닫고 들어앉아 글을 쓰며 비통함과 양심의 가책으로 마음이 갈가리 찢어졌을 겁니다.

그녀가 '분명히 그랬을 거예요'라고 말하는 이유는 레이디 윈칠시에 대한 사실을 찾으려고 아무리 노력해도 언제나 그렇듯이 그녀에 대해 알려진 게 별로 없기 때문이에요. 그나마 그녀가 극심한 우울감에 시달렸다고 말할 수 있는 건 그녀가 그런 감정에 얼마나 괴로워했는지 얘기하는 글을 발견했기 때문입니다.

나의 시는 매도되고,
나의 소일거리는 쓸데없고 어리석은 행동으로,
주제넘은 과오로 여겨지지.

이렇게 질책을 받은 그녀의 소일거리란, 우리가 미루어 짐작할 수 있듯이 들판을 거닐며 공상하는 무해한 것이었을 겁니다.

나의 손은 색다른 것들을 따라갈 때가 즐겁다네.
이미 알려진 평범한 길에선 벗어나고 싶지.
빛바랜 비단으로도 만들지 않겠네.
결코 흉내 낼 수 없는 장미를 어렴풋이.

이런 것이 그녀의 습관이었고, 이런 것이 그녀의 기쁨이었다면 당연히 조롱당할 수밖에 없었을 테고, 그래서 알렉산더 포프나 존 게이*가 그녀를 '뭐라도 끼적이고 싶어 안달 난 블루스타킹**'이라고 풍자했던 거예요. 그녀는 존 게이를 비웃었다가 그의 노여움을 샀다고 해요. 그녀는 존 게이의 시 『트리비아

* 존 게이John Gay, 1685~1732는 영국의 시인이자 극작가다.
** 블루스타킹은 문학을 좋아하는 여성이나 여성 문학가를 자처하는 여성들을 경멸하여 이르는 말이다. 1750년경 런던에서 재색才色을 겸비한 사교계의 재원인 몬터규 부인, 비제 부인, 오드 부인 등이 연 문학 살롱의 이름이며, 이들 중 한 사람이 풍습에 맞지 않게 청색 스타킹을 신은 데서 이런 이름이 붙었다고 전해진다.

Trivia*』가 '그가 의자에 걸터앉기보다는 그 앞에서 걸어다니기에 더 적합한 인물'임을 증명했다고 했거든요. 그러나 머리 씨는 이 모든 것이 '미심쩍은 소문일 뿐이고 흥미도 없다'고 말했어요.

나는 머리 씨의 말에 동의하지 않아요. 들판을 거닐고, 색다른 것들을 생각하기 좋아하고, 어리석을 정도로 무모하리만치 '지루하고 비루한 집안 살림'을 경멸한 이 우울한 여자의 모습을 그려보고 발견할 수만 있다면 미심쩍은 소문을 얼마든지 더 많이 듣고 싶기 때문이에요. 그러나 머리 씨는 그녀가 산만해졌다고 말합니다. 그녀의 재능에는 잡초가 뒤섞여 자라고 가시덤불이 뒤덮였어요. 그녀의 특별하고 훌륭한 재능은 그 모습을 그대로 드러낼 기회를 얻지 못했죠. 그녀의 책을 책장에 도로 꽂으며 다른 위대한 귀부인을 찾았습니다.

찰스 램이 사랑한 공작부인, 비현실적이긴 하지만 환상적인 여인, 레이디 윈칠시보다 나이가 많았지만

*대략 천 줄에 달하는 이 장시는 세 권의 책으로 이루어져 있고, 1710년대에 런던 거리를 걸어다니는 위험을 묘사했다.

동시대 인물인 뉴캐슬 공작부인 마거릿**입니다. 둘은 아주 다른 사람이지만 비슷한 면도 있었어요. 둘 다 아이가 없었고 최고의 남편과 살았죠. 둘 다 시에 열정을 불태웠고, 둘 다 같은 이유로 망가지고 변해버렸죠. 공작부인의 책을 펼치면 레이디 윈칠시와 똑같은 분노의 외침을 읽을 수 있어요. "여자는 박쥐와 올빼미처럼 살고 짐승처럼 노동하며 벌레처럼 죽는다…." 마거릿 역시 시인이 될 수도 있었을 거예요. 지금 같은 시대라면 그 모든 행위가 운명의 수레바퀴를 돌려놓았을 거예요.

정식 교육을 받지 못한 그 격렬하고 왕성한 지성을 인류가 활용할 수 있도록 한데 모으고 길들이고 교화하는 방법은 무엇이었을까요? 그건 그저 뒤죽박죽 저절로 운문과 산문, 시와 철학의 급류를 타고 아무렇게나 흘러나왔고, 아무도 읽지 않는 사절판과 이절판 책으로 묶였습니다. 그녀의 손에는 현미경이 있어야 했어요. 그녀는 별을 볼 수 있도록, 과학적으로 판

** 뉴캐슬 공작부인 마거릿Margaret Cavendish, 1623~1673은 여성 작가들이 이름 밝히길 꺼리던 시대에 전기, 연애소설, 수필, 희곡 등을 자신의 이름으로 출간했다.

단할 수 있도록 교육을 받아야 했어요.

그녀의 지혜는 고독과 자유로 인해 변질되고 말았어요. 아무도 그녀를 살피지 않았죠. 아무도 그녀를 가르치지 않았고요. 교수들은 그녀에게 알랑거리기만 했어요. 궁정에서는 야유를 보냈죠. 에거튼 브리지스*는 그녀의 조신하지 않고 거친 면이 '궁정에서 자라난 높은 신분의 여성에게서 흘러나오는 것'이라며 비난했어요. 결국 그녀는 웰벡**에 틀어박히고 말았죠.

마거릿 카벤디시를 생각하면 너무나도 외롭고 혼란스러운 광경이 떠오릅니다! 거대한 오이가 정원에 가득 핀 장미와 카네이션 위로 뻗어나가며 꽃들을 질식시켜 죽이는 것 같은 광경이죠. "가장 훌륭하게 성장한 여성은 가장 교양 있는 여성이다"라는 글을 쓴 여자가 터무니없는 얘기를 끼적이거나 모호하고 어리석은 곳으로 한없이 빠져들며 시간을 허비했고, 밖에 나섰다 하면 사람들이 그녀의 마차 주위로 모여들

* 에거튼 브리지스Egerton Brydges, 1762~1837는 계보학자이자 서지학자다.

** 노팅엄셔의 웰벡 수도원은 프레몬트레 수도회의 수도원이었지만 수도회가 해체되면서 뉴캐슬 공작들의 저택으로 쓰였다.

어 구경할 정도였다니 이게 무슨 낭비인가요. 미친 공작부인은 똑똑한 아가씨들을 소스라치게 만드는 두려움의 대상이 됐던 게 분명해요.

나는 공작부인의 책을 치우고 도로시 오스본***의 서한집을 펼치면서 도로시가 공작부인의 새 책에 관해 템플 경에게 편지를 썼다는 사실을 기억해냈어요. "이 가엾은 여인은 정신이 살짝 나간 것 같아요. 그렇지 않고서야 책을, 그것도 운문으로 쓰는 터무니없는 짓을 감행할 수 있겠어요? 저라면 2주간 한숨도 못 잘지언정 그 지경이 되진 않을 거예요."

지각 있고 단정한 여자라면 책을 쓸 수 없었기에, 공작부인과는 성격이 정반대인 예민하고 우울했던 도로시는 아무것도 쓰지 않았어요. 엄밀히 말해 편지는 글로 칠 수 없지요. 편지야 아버지의 병상을 지키고 앉아서도 쓸 수 있죠. 난롯가에 앉아서 편지를 쓰는 동안에는 남자들이 얘기해도 방해가 되지 않아요.

*** 도로시 오스본Dorothy Osborne, 1627~1695은 훗날 템플 경의 아내가 되는 레이디 템플이다. 그녀는 편지글을 엮어 1888년에 첫 서한집을 출간했다. 두 사람이 양가의 반대로 7년간 교제만 하는 동안 남편 윌리엄 템플 경에게 보낸 편지를 엮은 책이다.

들으면서 편지를 써도 방해가 안 되죠. 도로시의 편지글을 넘기며 참으로 신기하다 느낀 것은 가르쳐주는 사람 하나 없이 혼자 글을 쓴 이 여성이 문장을 구성하고 장면을 빚어내는 재능이 대단하단 사실이에요. 계속 이어지는 그녀의 이야기를 들어보세요.

"저녁 식사 후에도 눌러앉아 담소를 나누다 B씨가 들어와 무언가 묻기에 내가 자리를 비켜주었어요. 뜨거운 낮엔 독서와 일을 하며 보내고, 6시나 7시쯤 되면 집 옆에 펼쳐진 공유지로 나간답니다. 그곳에선 소녀들이 양과 소를 치며 그늘에 앉아 노래를 부르지요. 나는 그쪽으로 다가가 소녀들의 목소리와 아름다움을, 책에서 읽은 고대 양치기 소녀들과 비교해보며 엄청난 차이를 느낀답니다. 그렇지만 이 소녀들도 고대 양치기 소녀들만큼이나 순수하다고 장담할 수 있어요. 소녀들과 이야기를 나눠보고 세상에서 가장 행복한 사람이 되는 데 전혀 부족함이 없음을 깨달았어요. 다만 본인들은 그 사실을 모를 뿐이죠. 우리가 한창 대화에 빠져 있을 때 한 소녀가 문득 주위를 둘러보다가 자기 젖소가 밭으로 들어가는 것을 발견했고,

그 순간 모두 일제히 달리기 시작했어요. 뒤꿈치에 날개라도 단 것처럼 말이에요. 별로 날렵한 편이 아닌 나는 뒤로 처졌고, 소녀들이 가축을 집으로 몰고 가는 광경을 보며 이제 나도 돌아갈 시간이라 생각했어요. 저녁 식사 뒤엔 정원으로 나가 그 옆으로 흐르는 작은 강물을 바라보며 당신이 내 곁에 있으면 좋겠다고 소망했죠…."

나는 도로시에게 작가의 싹이 있다고 장담합니다. 그러나 이렇게 뛰어난 글재주를 가진 여성조차 "2주간 한숨도 못 잘지언정 그 지경이 되진 않을 거예요"라며 책을 쓰는 건 터무니없는 짓이고 정신 나간 행동이라고 믿었으니, 당시 여자가 글을 쓰는 것에 대한 반감이 어느 정도였는지 짐작이 됩니다. 도로시 오스본의 유일한 책인 짧은 서한집을 도로 꽂아놓으며 애프라 벤 부인*에게 넘어갔어요.

벤 부인과 함께 우리는 아주 중요한 기점을 돌고 있습니다. 자기 책에 둘러싸여 자신의 정원에서 꼼짝도

* 애프라 벤 부인Aphra Behn, 1640~1689은 극작가, 소설가, 시인이며 글쓰기를 생업으로 삼은 영국 최초의 여성 작가다.

안 한 채 독자도 비평가도 없이 오직 혼자만의 기쁨을 위해 글을 쓰던 고독한 귀부인들을 뒤로하고, 이제 시내로 나와 거리에서 보통 사람들과 어깨를 부딪치며 걷고 있어요. 벤 부인은 유머, 활기, 용기 등 서민의 모든 덕목을 두루 갖춘 중산층 여인인데, 남편의 죽음과 몇몇 불운한 사건 때문에 자신의 위트에 의지하여 생계를 꾸려가게 됐죠.

그녀는 남자들과 같은 조건으로 일해야 했어요. 아주 열심히 일해서 살아가는 데는 부족함이 없었습니다. 이 주목할 만한 사실은 그녀가 쓴 작품들, 심지어 『내가 만든 천 명의 순교자』나 『환상적인 승리에 사랑이 내려앉다』보다도 큰 의미가 있습니다. 이 시점에서 마음의 자유가 시작된 것이고, 얼마의 시간이 더 흐른 뒤엔 여자도 원하는 것을 마음대로 쓸 수 있다는 가능성이 열렸기 때문입니다.

애프라 벤의 업적으로 소녀들이 부모님에게 "이제 용돈을 주지 않아도 돼요. 저는 글을 써서 돈을 벌 수 있어요"라고 말할 수 있게 됐어요. 물론 그 후로도 오랫동안 부모들은 "그래, 애프라 벤처럼 살겠다고? 차라리 죽는 게 낫지!"라고 대답하며 문을 세게 닫아버렸죠. 남성들이 여성의 순결에 부여한 가치와 그것이 여성의 교육에 미치는 영향이라는 무척 흥미로운 주제는 그 자체로도 논의할 거리가 되며, 거턴이나 뉴넘의 학생이 관심을 보인다면 흥미로운 책이 될 수도 있어요. 그런 책의 표지는 레이디 더들리*가 다이아몬드를 몸에 주렁주렁 달고 스코틀랜드의 황무지에서 각다귀들 틈에 앉아 있는 모습으로 장식되겠죠.

레이디 더들리가 세상을 떠났을 때 《타임스》는 이런 글을 실었어요. "더들리 경은 세련된 취향을 가진 크게 성공한 인물이었다. 자애롭고 후했지만 변덕스럽고 독재적이었다. 그는 스코틀랜드 산악 지대의 가장 외딴 사냥 막사에서도 아내가 정장을 갖춰입게 했고 아내에게 온갖 보석을 사주었다. 그는 아내에게 모든 걸 다 주었다지만 책임감은 단 한 번도 준 적이 없다." 더들리 경은 뇌졸중으로 쓰러졌고 그때부터 줄곧 레이디 더들리가 그를 보살피며 뛰어난 능력으

* 레이디 더들리Georgina Elizabeth Ward, 1846~1929는 빅토리아 시대에 빼어난 미모로 유명했다. 1885년 남편 더들리 백작을 잃었다.

로 그의 재산을 관리했어요. 남성들의 이런 변덕스러운 독재는 19세기에도 볼 수 있습니다.

다시 하던 얘기로 돌아가서 애프라 벤은 여성의 좋은 자질로 여겨지던 것들을 희생함으로써 글을 써서 돈을 벌 수 있다는 사실을 증명했고, 그 덕에 글쓰기는 점차 어리석은 행위 혹은 제정신을 잃었다는 징조가 아니라 현실적으로 중요한 일이 됐어요. 살다 보면 남편이 죽을 수도 있고, 또 가족에게 뜻밖의 재앙이 닥칠 수도 있습니다. 18세기가 저물 무렵 수백 명의 여성이 번역을 하거나 삼류 소설을 써서 용돈을 벌기도 하고 가족을 부양하기도 했어요. 이런 책들은 교과서에 기록되지는 않았지만 채링크로스 가*의 4펜스짜리 상자 안에서 구할 수 있었어요.

18세기 후반 여성들 사이에 나타난 지극한 지적 활동(대화, 모임, 셰익스피어의 에세이에 대한 글쓰기, 고전 번역)은 여자들이 글을 써서 돈을 벌 수 있다는 확실한 사실을 바탕으로 이루어졌죠. 보수가 없을 땐 시시해 보이는 것들을 중요한 일로 변모시키는 게 바

* 채링크로스 가는 수많은 책방이 늘어선 런던의 거리다.

로 돈입니다. 여전히 '글줄이나 끼적이고 싶어 안달난 블루스타킹'이라고 비웃음을 살 수는 있겠지만, 그 여자들이 지갑에 넣을 돈을 벌 수 있다는 건 부인하지 못하는 엄연한 사실이에요.

내게 역사를 다시 쓰라고 한다면 십자군전쟁이나 장미전쟁보다 중요하게 다루고 상세하게 설명할 변화가 18세기 말로 접어들면서 생긴 이 현상, 바로 중산층 여성이 글을 쓰기 시작했다는 사실입니다. 『오만과 편견』이 중요하다면, 『미들마치』와 『빌레트』와 『폭풍의 언덕』이 중요하다면 여성이 글을 쓰기 시작했다는 사실, 그것도 자신의 책과 아첨꾼들에게 둘러싸인 채 자기 별장에 처박혀 글을 쓰는 외로운 귀부인이 아니라, 평범한 여성들이 보편적으로 글을 쓰기 시작했다는 사실은 내 한 시간의 강의로는 입증하기 어려울 만큼 대단히 중요한 일입니다.

그런 선구자들이 없었다면 제인 오스틴과 브론테 자매, 조지 엘리엇이 글을 쓸 수 없었을 거예요. 마찬가지로 셰익스피어는 말로가 없었다면, 말로는 초서가 없었다면, 초서는 길을 닦고 자연 그대로의 야만적인 혀를 길들인 잊힌 시인들이 없었다면 글을 쓸 수 없었겠지요. 걸작은 어느 날 갑자기 단독으로 탄생하는 게 아니기 때문입니다.

걸작이란 오랜 세월 많은 사람이 함께해온 생각의 산물인 만큼 작가 한 사람의 목소리를 뒷받침하는 것은 여러 사람의 경험입니다. 제인 오스틴은 패니 버니의 무덤에 헌화해야 하고, 조지 엘리엇은 엘리자 카터(일찍 일어나 그리스어를 배우기 위해 침대 머리에 종을 매달고 잔 용감한 노부인)의 든든한 그늘에 경의를 표해야 마땅하죠. 여성들은 모두 다 함께 웨스트민스터 사원에 있는 애프라 벤의 무덤에 꽃을 뿌려야 합니다.

애프라 벤이 웨스트민스터 사원에 묻힌 것을 두고 가타부타 말이 많았지만 저는 아주 정당한 일이라 생각합니다. 그녀는 여성들에게 자기 마음을 말할 수 있는 권리를 찾아주었으니까요. "여러분의 위트로 1년에 5백 파운드를 버세요"라는 말이 터무니없지 않도록 만들어준 사람이(신뢰하기 어렵고 사생활이 문란하긴 했지만) 바로 애프라 벤입니다.

이제 우리는 19세기 초로 넘어갑니다. 이 시기로 넘어오니 드디어 여성 작가의 작품으로만 채운 칸을 여럿 발견할 수 있어요. 그런데 그 책들을 훑어보며 이런 질문을 하지 않을 수가 없네요. '왜 극소수의 예외를 제외하고 모두 소설일까?' 태초의 충동은 시였고, '노래의 지고한 수장*'은 여류 시인이었어요. 프랑스와 영국 두 나라 모두 여류 소설가보다 여류 시인이 먼저 등장했죠.

네 명의 유명한 여성 작가를 훑어보며 생각을 이어나갔어요. '조지 엘리엇과 에밀리 브론테는 어떤 공통점이 있었을까?' '샬롯 브론테는 제인 오스틴을 이해하는 데 전적으로 실패하지 않았던가?' 모두 아이를 낳지 않았다는 사실을 제외한다면 네 사람은 한방에서 만나기 어려운 조합입니다. 네 사람이 어찌나 다른지 한자리에 모아서 대화를 시켜보고 싶을 정도예요. 그런데도 어떤 이상한 힘에 이끌려 네 사람 모두 글을 쓸 때는 소설을 썼습니다. 혹시 이들이

* 영국의 시인 스윈번이 기원전 6세기의 그리스 여성 시인 사포Sappho를 묘사한 내용을 인용한 것이다.

중산층 가정 출신이라는 것과 연관이 있는 걸까, 자문해 보았어요.

얼마 뒤 데이비스 양*이 아주 인상적으로 설명했듯이 19세기 초 중산층 가정에는 거실이 딱 하나밖에 없었어요. 여자가 글을 쓰려면 가족들이 공유하는 거실에서 써야 했던 겁니다. "여성은 자기만의 시간을 30분도 누릴 수 없다"고 나이팅게일 양이 너무나도 격렬하게 토로했듯 여성은 끊임없이 방해를 받았습니다. 그래도 산문이나 픽션을 쓰는 편이 시나 희곡을 쓰는 것보다는 수월했을 거예요. 집중력이 덜 요구되니까요. 제인 오스틴이 말년에 그렇게 언급했다고 그녀의 조카가 회고록에 적었습니다. "숙모님이 이런 업적을 남겼다는 것은 정말 놀라운 일이다. 글을 쓸 수 있는 독립된 서재가 없었으므로 이런저런 일상의 방해를 계속 받을 수밖에 없는 공동 거실에서 작업해야 했기 때문이다. 숙모님은 당신이 하는 일이 하인이나 방문객 혹은 가족이 아닌 사람

* 에밀리 데이비스Sarah Emily Davies, 1830~1921는 케임브리지대학, 거턴 칼리지의 공동 창립자다.

들에게 의심을 사지 않도록 주의했다**." 제인 오스틴은 원고를 숨기거나 압지로 덮어두었어요.

19세기에 여성이 받을 수 있는 문학 훈련이란 인물을 관찰하고 감정을 분석하는 것 정도였어요. 여성의 문학 감성은 수 세기에 걸쳐 공동 거실의 영향 아래 학습된 것이었습니다. 사람들의 감정이 다양한 인상을 남겼고, 사적인 인간관계를 관찰할 수 있었죠. 따라서 중산층 여성들이 글을 쓰기 시작했을 때는 자연히 소설을 쓰게 된 것이고, 심지어 유명 여성 작가 넷 중 둘은 타고난 소설가가 아니라는 게 분명해 보임에도 불구하고 소설을 쓴 겁니다. 에밀리 브론테는 시극을 써야 마땅했고, 조지 엘리엇은 창조적 충동이 다 소진된 이후에 역사서나 전기를 썼다면 그녀의 담대한 정신이 절로 글이 되어 흘러나왔을 거예요. 그러나 소설을 썼습니다. 그것도 아주 훌륭한 소설을 써냈다고, 『오만과 편견』을 책장에서 뽑아들며 생각했습니다.

우리의 상대 성性인 남성들에게 자랑하거나 고통을

** 제인 오스틴의 조카 제임스 에드워드 오스틴 리의 『제인 오스틴 회고록』.

주지도 않으면서 우리는 『오만과 편견』이 좋은 책이라고 말할 수 있습니다. 어느 모로 보나 『오만과 편견』을 쓰다가 남의 눈에 띄었다고 해도 전혀 부끄러울 일은 아니지요. 그러나 제인 오스틴은 문의 경첩이 삐걱거리는 소리를 좋아했어요. 누구라도 들어오기 전에 원고를 숨길 수 있기 때문이었죠. 제인 오스틴은 『오만과 편견』을 쓰는 일이 어딘가 남부끄러운 구석이 있다고 생각했던 거예요.

제인 오스틴이 방문객이 올 때마다 원고를 숨겨야 한다고 생각하지 않았다면 『오만과 편견』은 더 좋은 소설이 됐을까요? 그걸 알아보기 위해 한두 장 읽어보았지만 그녀의 집필 환경이 그 작품에 아주 미세하게라도 피해를 준 흔적은 전혀 찾아볼 수 없었습니다. 어쩌면 그것이 『오만과 편견』이라는 작품의 가장 큰 기적이 아닐까 생각해요. 바로 여기, 1800년경에 증오와 냉소, 두려움이나 저항 또는 설교도 없이 글을 쓴 여성이 존재했던 겁니다. 이것이 바로 셰익스피어가 글을 쓴 방식이라고, 『안토니우스와 클레오파트라』를 들춰보며 생각했어요.

셰익스피어와 제인 오스틴을 비교하는 이유는 두 사람 다 마음속의 모든 장애물을 초월해냈기 때문일 겁니다. 바로 그런 이유로 우리는 제인 오스틴의 마음을 알 수 없고, 셰익스피어 역시 알 수 없으며, 그래서 제인 오스틴이란 사람은 그녀가 쓴 모든 글자 하나하나에 온전히 스며들어 있으며 이는 셰익스피어도 마찬가지입니다. 제인 오스틴이 자신의 환경에 어떤 식으로든 고통을 겪었다면 운신의 폭이 좁은 그녀의 삶 때문이었을 겁니다. 당시 여자들은 혼자 돌아다니는 것이 불가능했어요. 그녀는 단 한 번도 여행을 하지 못했고, 공공 마차를 타고 런던을 돌아다니거나 혼자 식당에 가서 점심을 먹은 적조차 없습니다.

어쩌면 자신이 갖지 못한 것을 갈구하지 않는 게 제인 오스틴의 천성이었는지도 몰라요. 그녀의 재능과 환경이 완벽하게 들어맞은 거라 할 수 있겠죠. 과연 샬롯 브론테도 그랬을까, 『제인 에어』를 펼쳐서 『오만과 편견』 옆에 내려놓으며 생각해봤어요.

12장을 펼치자 "원하는 사람은 누구든 나를 비난

해도 좋다"라는 구절이 눈에 들어왔어요. 샬롯 브론테가 비난받을 일이 뭐가 있었을까, 궁금했죠. 페어팩스 부인이 젤리를 만드는 동안 제인 에어가 지붕으로 올라가 저 멀리 펼쳐진 들판을 내려다보는 부분을 읽어 보았어요. 그녀가 갈망하는 내용이 나오더군요. 바로 이 부분 때문에 비난받은 거였어요.

나는 저 한계를 넘어서는 시야를 가질 수 있기를 갈망했다. 그러면 들어보긴 했지만 한 번도 보지 못한 바삐 돌아가는 세상, 도시, 삶의 활력으로 가득 찬 곳들을 볼 수 있겠지. 내가 경험한 것보다 더 실질적인 경험, 사람들과의 더 폭넓은 교류를 원했고 지금 내 주위 사람들보다 훨씬 더 다양한 인물을 알아가길 염원했다. 페어팩스 부인과 아델의 좋은 면을 소중하게 생각하지 않은 것은 아니었다. 다만 어딘가에 더 강렬한 형태의 미덕을 가진 존재들이 있다고 믿었으며, 내가 믿는 것을 내 눈으로 확인하고 싶었다.

나를 비난할 사람은 누구일까? 당연히 한둘이 아닐 것이다. 나더러 만족을 모르는 여자라고 하겠지. 하지만 어쩔 수 없었다. 가만히 있지 못하는 것이 나의 천성이고, 때로는 그런 기분에 고통스러울 정도로 들볶였다.

인간은 평온함에 만족해야 한다고 말하는 것은 헛된 일이다. 사람은 행동해야 하는 존재이고, 행동할 수 없다면 스스로 행동을 만들어내는 존재다. 나보다 더 정체된 운명에 처한 사람도 수없이 많을 테고, 자신의 운명에 조용히 저항하는 사람도 수없이 많을 것이다. 사람들이 발붙이고 사는 이 드넓은 세상에 얼마나 많은 반란이 농익어 가는지는 아무도 모르는 일이다. 여자는 아주 고요히 살아야 한다는 게 사회의 통념이다.

하지만 여자도 남자들과 똑같은 감정을 느낀다. 여자도 남자 형제들과 마찬가지로 자신의 능력을 발휘할 만한 활동, 노력을 기울일 수 있는 영역을 필요로 한다. 너무 엄격한 속박과 너무나 절대적인 침체가 고통스럽기는 여자도 남자들과 마찬가지다. 더 특혜받은 삶을 사는 남자들이 여자는 푸딩이나 만들고 양말이나 짜고 피아노나 치고 가방에 수나 놓으며 살아야 한다고 말한다면 정말 편협하다. 여자가 관습적으로 허락된 것보다 더 많은 일을 하거나 더 많은 걸 배우려고 할 때, 비난하거나 비웃는 것은 경솔한 짓이다.

그렇게 혼자 있을 때면 종종 그레이스 풀의 웃음소리가 들려왔다.

이건 좀 뜬금없는 흐름의 단절이라고 생각했어요. 갑자기 그레이스 풀의 얘기가 튀어나오는 게 좀 어색하잖아요. 이야기의 흐름이 끊긴 거죠. 『제인 에어』를 『오만과 편견』 옆에 내려놓으며 사람들은 이런 글을 쓴 여자가 제인 오스틴보다 천재성이 있다고 말하지 않을까 생각했어요. 하지만 저 부분을 되풀이해서 읽어보고 그 안의 떨림과 분노를 감지한다면 그녀는 절대로 자신의 천재성을 온전히 표현하지 못했음을 알 수 있어요. 샬롯 브론테의 작품은 변형되고 왜곡되겠죠. 차분하게 써야 하는 부분을 격정에 차서 쓸 테고, 지혜롭게 써야 하는 부분에서 어리석게 써나가겠죠. 등장인물에 관해 써야 하는 부분에서는 자기 자신에 대해 써버릴 거예요. 그녀는 자신의 운명과 끝없이 전쟁을 벌였습니다. 그러니 좌절한 채 젊은 나이에 죽지 않을 수 있었겠어요?

이 어리석은 여성은 소설의 저작권을 1천5백 파운

드에 미련 없이 팔아버렸지만, '샬롯 브론테에게 1년에 3백 파운드의 돈이 있었다면 어떻게 됐을까' 생각해보지 않을 수 없습니다. 이 여성이 바삐 돌아가는 세상, 도시, 삶의 활력으로 가득 찬 곳에 대한 지식, 더 실질적인 경험 그리고 훨씬 더 다양한 인물과의 폭넓은 교류를 누릴 수 있었다면 어떻게 됐을까요?

이 글을 통해 샬롯 브론테는 소설가로서 자신의 결함뿐만 아니라 당시 여성들의 취약점을 정확히 짚어내고 있습니다. 그녀는 자신의 재능을 먼 들판을 고독하게 내려다보는 데 쓰지 않았다면, 많은 경험과 교류와 여행이 허락되었다면 자신의 재능을 얼마나 크게 펼칠수 있었을지 잘 알았던 거예요. 하지만 그런 것들은 허락되지 않았고, 결코 누릴 수 없었죠.

우리는 『빌레트』 『엠마』 『폭풍의 언덕』 『미들마치』 같은 좋은 소설이 존경받는 성직자 집안에서 허용되는 정도의 경험 외엔 아무것도 해보지 못한 여성들에 의해 모든 식구가 드나드는 집 안의 거실에서 집필됐다는 것 그리고 『폭풍의 언덕』이나 『제인 에어』가 집필할 종이를 몇 묶음씩 한꺼번에 살 형편조차 안 되는 가난한 여성들에 의해 쓰였다는 사실을 인정해야만 합니다.

물론 조지 엘리엇은 갖은 시련을 겪은 끝에 탈출하지만 결국은 세인트존스 우드의 어느 집에 은둔했죠*. 그리고 세상의 냉대가 드리운 그림자 아래에서 살아갔어요. "초대를 원하지 않는 분은 절대로 초대하지 않음을 이해해주셨으면 합니다"라고 썼지요. 그녀가 유부남과 동거한다는 사실 때문에 스미스 부인이든 누구든 그녀를 보는 것만으로도 순결이 더럽혀질까 봐 그랬을까요? 어느 누구도 사회의 관습에 순종해야 하고, 순종을 거부하면 세상이란 것으로부터 배제당하죠.

그러나 비슷한 시기에 유럽의 다른 한쪽에서는 자유롭게 집시와도 살고 귀부인과도 살았던 젊은 남자가 있습니다. 그는 전쟁에도 참전하고 아무런 제약도 검열도 당하지 않으며 인간사의 온갖 다양한 경험을 했죠. 그 경험은 훗날 책을 쓸 때 엄청난 힘이 되었습니

*조지 엘리엇은 유부남인 문인 조지 루이스와 동거함으로써 빅토리아 시대의 도덕률을 깨고 사회적 물의를 일으키며 가족과 단절했다. 그녀는 런던 세인트존스 우드의 '프라이어리(수도원이란 뜻)'라는 이름으로 알려진 집에서 20년간 동거 생활을 했다.

다. 톨스토이가 '세상이란 것으로부터 배제당하고' 유부녀와 프라이어리라는 집에서 은둔했다면 도덕적 교훈이야 얻었을지 몰라도 『전쟁과 평화』는 쓰지 못했을 거라고 생각합니다.

소설 쓰기에 대해, 그리고 성性이 소설가에게 미치는 영향에 대해 좀 더 깊이 있게 들여다볼 필요가 있을 것 같아요. 두 눈을 감고 소설 전체를 생각해본다면, 삶을 투영하는 거울을 가진 창작물로 보일 거예요. 삶을 단순화하고 왜곡하는 면은 수없이 많겠지만 말입니다. 소설은 마음의 눈에 형태를 남기는 구조물입니다. 정사각형을 만들었다가 탑 모양을 이루기도 하고, 부속 건물과 아치가 이어진 회랑을 짓고, 콘스탄티노플의 성소피아 성당처럼 튼튼하고 조밀한 돔 형태를 갖추기도 합니다.

몇몇 유명한 소설을 다시 떠올려보니 이런 형태들은 그에 알맞은 감정을 불러일으키는 것 같아요. 하지만 그 감정은 그 즉시 다른 감정들에 녹아듭니다. 이런 '형태'는 돌과 돌의 관계가 아닌 인간과 인간의 관계에 의해 만들어진 것이기 때문입니다. 따라서 소설은 우리 안에 온갖 적대적이고 대립적인 감정들을 불러일으키죠.

삶은 삶이 아닌 것들과 갈등을 일으킵니다. 그래서 소설은 어떤 합의에 이르기도 어렵고 개인의 편견에 몹시 휘둘리기도 합니다. 한편으로 우리는 당신(주인공인 존)이 무조건 살아야 하며, 그러지 못한다면 깊은 절망에 빠질 거라고 생각하죠. 동시에 다른 한편으로는 '아아, 존, 당신은 죽어야만 해요'라고 생각합니다. 책의 형태가 그걸 요구하기 때문입니다.

삶은 삶이 아닌 것과 갈등을 일으킵니다. 그런데 삶이 책의 일부를 이루기 때문에 우리는 삶을 판단하듯 책을 판단하는 거고요. 누군가 제임스는 내가 혐오하는 유형의 사람이야, 라고 말합니다. 이건 정말 모순덩어리야. 이 책에선 그 어떤 느낌도 받을 수 없어, 라고 말하기도 하죠. 유명한 소설들을 떠올려보면 소설의 전체 구조가 무척 복잡한데, 소설이란 수많은 다른 판단과 수많은 다른 감정이 엮여서 이루어진 것이기 때문입니다.

신기한 사실은 그렇게 구성된 책들이 모두 1, 2년

이상 읽힌다는 것이고, 영국 독자들이 받아들이는 책의 의미가 러시아, 중국 독자들에게도 전달된다는 것입니다. 정말 놀라울 정도로 오래가는 책도 있습니다. 그런 드문 경우의(나는 『전쟁과 평화』를 생각하고 있어요) 힘을 우리는 진정성이라고 부릅니다. 이것은 개인의 지불 능력이나 긴급한 상황에서 훌륭하게 처신하는 것과 아무런 관련이 없어요. 소설가의 경우 진정성이 의미하는 것은 사람들에게 이게 진실이라는 확신을 주는 겁니다. 독자들은 이렇게 느낄 수 있어요. 이것이 이럴 수 있다고 한 번도 생각해본 적이 없고, 이렇게 행동하는 사람을 한 번도 본 적이 없어. 그러나 이게 이러하니 이런 일도 일어날 수도 있는 거라고 당신이 나를 납득시켰어, 라고 말이죠.

독자들은 소설을 읽으면서 모든 문구, 모든 장면을 빛에 비추어봅니다. 자연은 매우 기묘하게도 소설가가 진실한지 아닌지 판단할 수 있는 내면의 빛을 우리에게 선사했기 때문이에요. 어쩌면 자연은 지극히 감정적인 기분에 의해 보이지 않는 잉크로 어떤 예감을 마음의 담벼락에 그려넣은 건지도 모릅니다. 위대한 예술가들이 그것을 확인해주는 거죠. 그 그림은 천재라는 불빛을 가져다 대야만 볼 수 있으니까요.

이런 것을 접하고 두 눈으로 보았을 때 사람들은 환희에 차서 외칩니다. 이건 내가 늘 느끼고, 알고, 바라온 거였어! 그들은 끓어오르는 흥분을 주체하지 못한 채 아주 귀한 무엇이라도 되는 것처럼 숭배하며 그 책을 덮게 됩니다. 생을 마감할 때까지 언제고 다시 돌아가 의지해야겠다고 생각하며 그 책을 책장에 다시 꽂을 거라고, 『전쟁과 평화』를 제자리에 꽂아놓으며 생각했어요.

반면 처음에는 밝은 색채와 근사한 표현으로 빠르게 열렬한 반응을 불러일으킨 문장들이 실은 빈약한 문장으로 드러나며 더는 나아가지 못하고 그 자리에서 멈춘다면, 무언가가 문장의 개진을 억제하는 것처럼 보인다면, 또는 담 모퉁이에 불빛을 갖다 비춰도 희미한 낙서와 얼룩만 겨우 보일 뿐 전체적으로 드러나는 모습이 없다면, 우리는 실망의 한숨을 내쉬며 "또 실패로군" 하고 말할 거예요. 이런 소설은 어딘가 실패한 셈이죠.

물론 대부분의 소설은 부분적으로 실패하는 경우가 많아요. 상상력은 엄청난 압박감 때문에 흔들려버리죠. 통찰력이 흐려지기도 하고, 진실과 거짓을 가려내는 분별력을 잃기도 하고, 수많은 기능을 활용하는 데 필요한 엄청난 양의 노동과 그것을 가능케 하는 힘이 떨어지기도 합니다. 그런데 이 모든 것이 소설가의 성별에 어떤 영향을 미칠까, 『제인 에어』와 다른 소설들을 바라보며 생각해봤습니다. 그녀의 성性이 어떤 면으로든 여성 소설가의 진정성에 영향을 미칠까요? 내가 작가의 중추라고 생각하는 바로 그 진정성 말입니다.

앞에서 『제인 에어』를 발췌한 단락을 보면 분노가 소설가 샬롯 브론테의 진정성을 저해하고 있음이 명확합니다. 그녀는 자신의 슬픔을 달래느라 완전히 전념해야 하는 자기 이야기에서 벗어났어요. 자신이 꼭 필요한 경험에 굶주렸다는 사실이 떠올랐고, 세상을 자유롭게 돌아다니고 싶지만 목사관에 처박혀 양말이나 짜야 하는 처지를 비관한 거죠. 분노 때문에 그녀의 상상력은 방향을 틀었고 우리도 그 사실을 여실히 느낄 수 있습니다.

하지만 그녀의 상상력을 잡아끌어 길에서 벗어나게 한 데는 분노보다 다른 것들의 영향이 더 컸습니다. 예를 들면 무지 같은 것이죠. 로체스터*라는 인물은 어둠 속에서 그려졌죠. 우리는 그 안에서 두려움을 감지할 수 있습니다. 억압의 결과인 신랄함과 그녀의 열정 아래 들끓는 숨은 고통, 그토록 훌륭한 책들을 고통으로 일그러뜨리는 적의를 느낄 수 있어요.

소설은 현실의 삶과 관련돼 있기 때문에 소설의 가치는 어느 정도 현실의 가치이기도 합니다. 반면 여성의 가치는 남성에 의해 만들어진 가치와 차이 나는 경우가 종종 있습니다. 당연히 그럴 수밖에요. 세상을 지배하는 것은 남성적인 가치입니다. 노골적으로 얘기하자면 축구와 스포츠는 '중요한' 일이고 유행을 숭배하고 옷을 사는 건 '하찮은' 일이죠. 이런 가치들은 어쩔 수 없이 삶에서 픽션으로 그대로 전이됩니다. 이 책은 전쟁을 다루니 중요한 책이야, 이 책은 집안 여자들의 감정을 다루니 하찮은 책이야, 라

* 로체스터는 제인 에어가 사랑하는 남자 주인공이다.

고 비평가들은 지레짐작하죠. 전쟁터 장면은 상점 장면보다 더 중요하다는 식으로 어디에나 훨씬 더 미묘한 가치의 차별이 횡행합니다. 따라서 작가가 여성인 경우 19세기 소설의 전체 구조는 정도에서 살짝 벗어난 채 구축되기 마련이고, 작가의 냉철한 시각도 외부 권력의 영향을 받을 수밖에 없었을 겁니다.

오래되고 잊힌 소설을 몇 권만 훑으며 작가의 목소리 톤만 살펴봐도 그 작가가 자신을 향한 비판에 대응하는 것임을 알 수 있습니다. 작가는 공격을 위해 이런 얘기도 하고 화해를 위해 저런 이야기도 합니다. 그녀는 '한낱 여자에 불과하다'고 인정하기도 하고, 자기는 '남자보다 못하지 않다'고 항변하기도 합니다. 그녀는 자신의 성격에 따라 비평에 대응합니다. 유순하고 자신 없게 나가기도 하고, 분노해서 강한 어조로 나가기도 하죠.

하지만 어떤 방식이든 중요한 것은 그게 아니에요. 작가가 작품 자체가 아닌 다른 것에 신경을 쓰는 게 문제입니다. 그녀의 책이 우리의 머리에 툭 떨어졌다고 생각해봐요. 그런데 책 한가운데 흠이 있는 거죠.

나는 모든 여성 작가의 소설이 과수원 바닥에 뒹구는 흠집 난 사과들처럼 런던의 중고 서점에 여기저기 흩어진 모습을 그려보았어요. 한쪽에 난 흠이 사과를 온통 썩게 하죠. 그녀는 다른 사람들의 견해에 맞추느라 자신의 가치를 바꾼 겁니다.

여성 작가들이 오른쪽이나 왼쪽으로 전혀 휘둘리지 않는 것이 과연 가능한 일이었을까요? 가부장 사회에서 살아가며 자신을 향해 쏟아지는 모든 비평에 직면하여 조금도 위축되지 않고 자기 시각을 당당히 고집하려면 대체 작가는 얼마나 천재여야 하며 얼마만큼의 진정성이 필요할까요? 그것을 해낸 작가는 오직 제인 오스틴과 에밀리 브론테뿐입니다. 이 또한 그녀들의 눈부신 업적이죠.

두 작가는 남성이 아닌 여성으로서 글을 썼습니다. 그 당시에 소설을 쓴 수많은 여성 작가 중에서 오직 두 사람만 이걸 써라, 저걸 써라 하고 끊임없이 훈계하는 경고들을 무시해버렸어요. 두 작가만 그 집요한 목소리에 귀를 닫을 수 있었습니다. 투덜거렸다가, 잘난 체했다가, 위세를 부렸다가, 슬퍼했다가, 충격을 받았다가, 화를 냈다가, 친절해졌다가 하며 여자들을 한시도 가만두지 않는 너무나도 부지런한 가정교사처럼 닦달하는 목소리에 말이죠.

에거튼 브리지스 경이 여자는 교양을 더 갖춰야 한다고 요구한 것도 같은 맥락입니다. 심지어 시를 비평하며 난데없이 성을 비평하기도 하고* 빛나는 상을 타고 싶다면 신사들이 적당하다고 지정한 한계선 안에서만 활동하라고 충고하기도 하죠. "여성 소설가는 성의 한계를 용기 있게 인정해야만 탁월한 경지에 오를 수 있다**." 이 문제를 한마디로 요약하는 말이죠. 무척 놀라운 점은 이 문장이 1828년 8월이 아니라 1928년 8월에 쓰였다는 겁니다. 지금은 이런 얘기들이 우습기만 할 수도 있지만 백 년 전에는 이런 견해가 주류를 이루었으며 훨씬 더 격렬하고 강경했다는

* "(그녀에겐) 형이상학적인 목적이 있는데 여성에게는 특히 위험한 집착이다. 여성은 남성처럼 수사법을 건전하게 애호하는 경우가 극히 드물기 때문이다. 다른 것들에는 더 원초적이고 물질적인 여성이 이런 점을 결여했다는 것은 참 이상한 현상이다." 《뉴 크라이테리언》, 1928. 6.

** "필자처럼 여성 소설가는 성의 한계를 용기 있게 인정해야만 탁월한 경지에 오를 수 있다고 믿는다면(제인 오스틴은 이것을 얼마나 우아하게 성취할 수 있는지 증명해 보였다)." 《생애와 편지Life and Letters》, 1928. 8.

걸 입증한다는 데 이의가 없을 거예요(굳이 옛날 일까지 들춰내서 휘저을 생각은 없습니다. 그저 내 발치에 떠오르는 사안들만 다룰 생각이에요).

1828년을 살아가는 젊은 여성이 그 숱한 모욕과 훈계 그리고 상을 주겠다는 감언이설을 무시하려면 보통 굳센 정도로는 어림도 없었을 거예요. 자신에게 이렇게 말할 수 있으려면 선동가의 기질도 갖춰야 했을 겁니다. 아, 그렇지만 그들이 문학마저 매수할 순 없어. 문학은 모두에게 열려 있는 거니까. 학교 관리인인 당신이 나를 잔디밭에서 내쫓는다고 해도 나는 당신을 인정하지 않겠어요. 도서관을 잠그고 싶다면 얼마든지 잠그세요. 그러나 어떠한 문도, 자물쇠도, 빗장도 내 마음의 자유를 가둘 수는 없습니다.

여성의 글을 방해하는 요소와 비평이 어떤 영향을 주었든(물론 나는 막대한 영향을 미쳤을 거라고 믿어요) 그녀들이 자기 생각을 종이에 옮기려고 했을 때 직면한(나는 여전히 19세기 초의 소설가들에 대해 얘기하고 있습니다) 다른 역경에 비하면 미미하다고 생각해요. 다른 역경이란 여성에겐 어떤 전통도 없었다는 것입니다. 설령 있었다고 해도 너무 짧고 단편적이어서 별 도움이 되지 않았죠. 우리가 여자라면 우리는 어머니를 통해서 과거를 생각하기 때문입니다.

재미로야 남성 작가의 책을 얼마든지 읽을 수 있지만 도움을 받기 위해 위대한 남성 작가에게 기대는 건 소용없는 일입니다. 여성 작가들이 그들에게 몇 가지 재주를 배워 자기한테 맞게 활용했을 수도 있겠지만 램, 브라운, 새커리, 뉴먼, 스턴, 디킨즈, 드 퀸시 등 어떤 작가도 지금까지 여성을 도와준 이는 아무도 없었습니다. 남성의 마음, 정신의 무게와 보폭은 여성과 너무 달라서 그들에게 무엇 하나도 제대로 받아 활용하기가 어렵죠. 선배들을 본받기 위해 근면 성실하게 노력하기에는 원숭이가 너무 멀리 떨어져 있었던 거예요*.

여성 작가들이 종이에 펜을 대면서 가장 먼저 발견한 것은 자신이 활용할 만한 보편적인 문장이 없었다

*『보물섬』『지킬 박사와 하이드 씨』의 작가인 영국 소설가 로버트 루이스 스티븐슨은 「근면 성실한 원숭이A Sedulous Ape」라는 글에서 램이나 워즈워스, 호손 등 대작가들의 글을 본보기로 삼고 근면한 원숭이처럼 그들의 글을 모방하고 필사하며 글쓰기 훈련을 했다고 밝혔다.

는 사실일 거예요. 새커리, 디킨스, 발자크처럼 위대한 소설가는 모두 자연스러운 산문을 썼습니다. 기민하면서도 깔끔하고, 표현력이 좋지만 그렇다고 너무 점잔 빼지 않는 문장, 보편적인 특성을 벗어나지 않으면서도 자신만의 색채를 드러내는 글이었죠. 그들은 당시의 경향에 바탕을 두고 글을 썼습니다.

19세기 초의 경향은 아마도 이런 것이었을 거예요. "짧게 쓰지 말고 계속 써내려가 장엄한 작품을 완성하는 것이 그들에게 주어진 명제였다. 예술을 행하고, 진실과 미의 영원한 세대를 이어나가는 것보다 더 흥분되고 만족스러운 일은 없었다. 성공은 노력을 이끌어내고, 습관은 성공을 가능하게 한다." 이것이 남성의 문장입니다. 우리는 이 문장의 이면에서 존슨과 기번*을 비롯한 작가들을 엿볼 수 있어요.

이런 문장은 여성이 쓰기에는 적합하지 않았죠. 산문을 쓰는 재능이 뛰어난 샬롯 브론테도 그 어설픈 무기를 손에 쥐고 비틀거리다 넘어졌어요. 조지 엘리

* 새뮤얼 존슨Samuel Johnson, 1709~1784은 영국의 시인이자 평론가다. 에드워드 기번Edward Gibbon, 1737~1794은 영국의 역사가이며 『로마제국 쇠망사』를 집필했다.

엇은 그 무기를 가지고 형언하기도 어려운 실수를 저질렀죠. 제인 오스틴은 그 문장을 보고 비웃은 뒤에 자신이 쓰기에 적합한 지극히 자연스럽고 균형 잡힌 문장을 고안해서 끝까지 견지했습니다. 그래서 샬롯 브론테보다 천재성이 부족했음에도 불구하고 무한히 더 많은 것을 이야기할 수 있었어요.

자유롭고 풍부한 표현이 예술의 본질이기 때문에 전통의 부재와 도구의 부족은 여성의 글에 엄청난 영향을 끼칠 수밖에 없었을 거예요. 더구나 한 권의 책은 단어를 한 줄로 쭉 이어붙여서 만들어지는 게 아니라(만약 시각 이미지가 도움이 된다면) 아치가 이어진 회랑이나 돔 지붕처럼 문장을 지어올려 이루어지는 것입니다. 이런 형태들 역시 남성의 필요에 의해 남성이 활용하게끔 만들어졌죠.

기존의 문장들이 여성에게 잘 맞지 않듯이 서사시나 시극도 여성에게 잘 맞을 거라 생각할 근거는 없습니다. 여성이 작가가 되기 훨씬 전부터 문학의 예전 형식들은 완전히 틀을 갖추고 굳어졌던 거예요. 소설만이 아직 젊은 형태의 문학이라 여성의 손으로 주무를 만큼 유연했던 거죠. 여성이 소설을 많이 쓴 또 다른 이유가 될 수 있겠네요. 그렇지만 지금까지도 '소설*'(나는 이 용어가 부적절하다고 느끼기 때문에 따옴표로 묶었어요)이, 가장 유연한 형태의 문학이 여성이 쓰기에 적합한 형식이 됐다고 자신 있게 단언할 수 있을까요? 물론 여성들의 손발이 자유로워지는 순간 틀림없이 여성도 소설을 본인에게 알맞은 형식으로 만드는 모습을 보게 될 거라 확신합니다. 그리고 꼭 운문이 아니더라도 내면의 시를 표현하기 위한 새로운 수단을 만들어낼 거예요. 아직도 자유로운 발산이 막혀 있는 분야가 시니까요. 더 나아가 요즘 여성이 5막으로 구성된 시 형식의 비극을 쓴다면 어떻게 쓸지 생각해보았어요. 운문을 활용할까요? 차라리 산문의 형식을 쓰지는 않을까요?

이 모든 것은 불가사의한 미래에 놓인 어려운 질문입니다. 그러니 이쯤에서 덮어둬야겠어요. 이 문제들은 나를 자극해서 주제를 벗어나게 할 테고, 결국은 길도 없는 숲 속을 헤매다가 야수들에게 잡아먹힐 가

* 소설을 뜻하는 노벨Novel에는 '(이전에 볼 수 없던) 새로운'이라는 의미가 있다.

능성이 농후하니까요. 나는 픽션의 미래라는 암울한 주제를 굳이 꺼내고 싶지 않고, 그건 여러분도 마찬가지일 거라 생각하기 때문에 여기에서 잠시 멈추고 여러분의 관심을 좀 더 중대한 문제로 돌리고자 합니다.

여성이 육체 조건에 영향을 받는 한 미래에도 논의돼야 하는 문제입니다. 책은 어느 정도 신체 조건에 영향을 받을 수밖에 없는 터라 여성이 쓰는 책은 방해받지 않고 꾸준히 작업하지 않아도 되게끔 남자가 쓰는 책보다 짧아야 하고, 더 응집돼야 한다고 되는 대로 지껄일 사람도 있겠지요.

물론 여성의 글쓰기를 방해하는 요소들은 언제까지나 사라지지 않을 겁니다. 그뿐 아니라 남성과 여성의 뇌를 구성하는 신경은 아무래도 차이가 있겠죠. 만약 뇌 기능을 절정으로 끌어올리려면 어떤 요법이 적절하며(예를 들어 수백 년 전에 수도승들이 고안했다고 알려진 이런 강연의 시간이 적합할 수도 있겠네요) 작업과 휴식에 어떤 변화들이 필요한지 찾아내야 합니다.

휴식이란 아무것도 하지 않는 시간이 아니라 무언가를 하는 시간이어야 하고, 그때의 무언가는 지금까지와는 차이가 있어야 합니다. 그 차이는 어떤 것일까요? 우리는 이 모든 것을 논의하고 발견해나가야 합니다. 이 모든 것이 여성과 픽션이라는 질문의 일부이기 때문입니다. 그렇지만 여성이 여성의 심리학을 면밀하게 분석하는 연구는 어디에서 찾을 수 있을까요? 나는 다시 책장으로 다가서며 생각했습니다. 여자는 축구할 능력이 없다는 가정에 비추어본다면 여성에겐 의학도 허용되지 않을 텐데 말이죠.

다행스럽게도 이쯤에서 나의 생각은 다른 곳으로 옮겨갔습니다.

5 장

*

이런저런 이야기를 늘어놓다 보니 마침내 현존하는 작가들의 책이 비치된 책장 앞에 이르렀어요. 근래 들어 여성 작가와 남성 작가의 책 비율이 비슷해졌으니 남성 작가와 여성 작가의 책이라고 말해도 무방하겠죠. 남성이 얘기를 훨씬 많이 하는 성이라는 건 맞는 말이 아닐 수도 있지만, 여성이 더 이상 소설만 쓰지 않는다는 것만큼은 확실히 맞는 애깁니다.

그리스 고고학을 다룬 제인 해리슨의 책이 있고, 미학을 논한 버논 리의 책이 있고, 페르시아에 대한 거트루드 벨의 책이 있네요. 한 세대 전만 해도 여성은 손댈 생각조차 못 했을 온갖 주제의 책이 보입니다. 시집과 희곡과 비평서가 있고 역사서와 전기, 여행 서적과 학술서, 연구서도 있으며 철학서 몇 권과 과학, 경제 서적도 있어요. 아직 소설이 지배적이긴 하지만 소설도 이제는 다른 장르의 영향을 받으며 변화했습니다.

천성적으로 평이했던 여성 문학의 서사 시대는 지난 일이 된 것 같아요. 여성이 독서와 비평을 통해 좀 더 넓은 시야와 섬세한 감각을 갖춘 것 같습니다. 자서전을 쓰고 싶다는 충동도 사그라졌죠. 이제 여성은 글쓰기를 자기 표현의 수단이 아닌 예술로 활용하는 것 같아요. 이 새로운 소설 중에서 우리는 이런 몇몇 질문에 대한 답을 찾을지도 모르겠습니다.

나는 그중 아무거나 한 권 뽑아들었습니다. 책장 맨 끝에 꽂혀 있는 메리 카마이클*의 『삶의 모험』 혹은 그

* 마리 카마이클은 영국의 작가이자 산아 제한 운동의 선구자인 마리 스톱스 Marie Stopes, 1880~1958의 필명이고, 버지니아 울프는 이 이름을 메리로 바꾸어 작품에 활용했다.

비슷한 제목인 것 같은데, 올 10월에 출간된 책이었어요. 그녀의 첫 번째 책으로 보이지만 우리는 이 책을 지금껏 눈길을 주었던 레이디 윈칠시의 시, 애프라 번의 희곡과 소설 그리고 위대한 여성 작가 네 명의 책을 망라하는 아주 긴 시리즈의 마지막 책으로 생각하고 읽어야 한다고, 나 자신에게 말했어요. 우리는 책을 저마다 별개로 보지만 사실 책은 서로서로 연관돼서 이어지기 때문입니다. 그리고 이 무명의 여성은 내가 지금껏 살펴본 다른 모든 여성의 후예로 생각해야 마땅할 거예요. 그녀가 여성 작가들에게 물려받은 특징과 제약도 살펴봐야겠지요.

그러나 소설이란 해결책보다는 진통제와 같아서 우리를 타오르는 횃불로 자극하기보다는 나른한 잠 속으로 빠져들게 하는 것이기에, 한숨을 짓고 노트와 연필을 챙겨 메리 카마이클의 첫 번째 소설 『삶의 모험』에서 무엇을 얻을지 보기 위해 자리를 잡고 앉았답니다. 먼저 책을 펼쳐 위아래로 훑어보았어요. 파란 눈동자와 갈색 눈동자 그리고 클로이와 로저의 관계로 머리를 채우기 전에 작가의 문장을 먼저 이해해야겠어, 라고 말했죠. 다른 건 작가가 손에 든 것이 펜인지 곡괭이인지 판단하고 난 뒤에 알아봐도 늦지 않을 테니까요.

일단 한두 문장을 소리 내어 읽어봤어요. 무언가 문제가 있다는 걸 금방 알아챘습니다. 문장의 매끄러운 흐름이 방해받고 있었죠. 어딘가 찢기고 상처 난 느낌이랄까, 여기저기에서 단어가 하나씩 횃불처럼 번쩍하듯 눈에 탁탁 걸렸죠. 옛날 희곡의 표현처럼 그녀는 '손을 놓아버렸어요.' 불이 붙지 않는 성냥을 그어대는 사람 같았죠. 하지만 왜죠? 그녀가 내 앞에 있기라도 한 것처럼 물었어요. 제인 오스틴의 문장이 당신에겐 잘 맞지 않던가요? 엠마와 우드하우스 씨* 가 죽었기 때문에 그녀의 문장도 다 버려야 하는 걸까요? 아아, 그렇다면 정말 유감이에요.

모차르트가 이 곡에서 저 곡으로 자유롭게 오가듯 제인 오스틴도 선율과 선율 사이를 오가는데 이 작가의 문장을 읽는 건 마치 갑판이 없는 작은 배에 올라탄 느낌이었어요. 한쪽이 올라가면 다른 쪽은 가라앉는 거죠. 이 짤막하고 숨찬 느낌은 작가가 무언가를 두려워

* 제인 오스틴의 소설 『엠마』의 주인공과 그녀의 아버지다.

하고 있었음을 의미할지도 몰라요. '감상적'이라 불리는 걸 두려워했을 수도 있고, 여성의 글은 꽃처럼 화려하기만 하다는 평을 기억해내고 가시를 촘촘히 박아넣었는지도 모르겠어요.

하지만 나는 어떤 한 장면을 신중하게 읽어보기 전까지는 작가가 자기 자신의 글을 쓰는지 남의 흉내나 내는지 판단하기 어려웠어요. 그래도 읽는 사람의 기운을 뺄 정도는 아니라고, 좀 더 주의 깊게 읽으며 생각했답니다. 하지만 너무 많은 사실을 늘어놓기는 했어요. 이 정도 분량의 책에서는 그 절반도 소화할 수 없을 것 같았죠(이 책은 『제인 에어』의 절반 정도 분량이에요). 그런데도 그녀는 어떻게 해서든 우리 모두(로저, 클로이, 올리비아, 토니 그리고 빙엄 씨)를 배에 태워 강물에 띄우는 데 성공했습니다. 잠깐만요, 나는 의자에 등을 기대며 말했어요. 앞으로 더 나아가기 전에 모든 걸 다시 한번 생각해봐야겠어요.

나는 메리 카마이클이 우릴 상대로 장난친다는 걸 확신할 수 있었어요. 유원지의 놀이열차가 아래쪽으로 내려갈 거라 예상하게 해놓고 갑자기 위로 솟구쳐오를

때와 같은 느낌을 받았기 때문이에요. 메리는 예상되는 장면의 순서에 손을 댔어요. 처음에는 문장을 조각내더니 이제는 장면의 연속성을 끊어냈죠.

하지만 그녀의 의도가 파괴가 아니라 창조라면 충분히 그럴 권리가 있다는 걸 인정합니다. 파괴인지 창조인지는 그녀 스스로 하나의 상황에 직면하기 전까지는 확실히 알 도리가 없어요. 그 상황을 선택할 자유는 전적으로 작가인 그녀에게 있습니다. 원한다면 깡통과 낡은 주전자로 상황을 연출해도 무방합니다만, 그녀가 이것이 소설의 상황이 된다고 확신한다는 걸 내게 이해시켜야 할 겁니다. 일단 다 만들고 난 뒤에는 그것을 직시해야 해요. 그리고 도약해야 합니다.

그녀가 내 옆에서 작가의 의무를 다한다면, 나 역시 그녀 옆에서 독자의 의무를 다하겠다는 굳은 결심으로 책장을 넘겼어요. 갑자기 얘기를 끊어서 미안한데, 지금 여기에 남자분이 계신가요? 저 뒤쪽, 붉은 커튼 뒤에 차트리스 바이런 경*이 숨지 않았다고 약속할 수

*차트리스 바이런 경은 래드클리프 홀의 레즈비언 소설 『고독의 우물』을 외설로 판결한 치안판사다. 소설을 폐기하라는 명령이 내려진 1928년 11월 공판에는 E.M. 포스터와 버지니아 울프 등 문학계 주요 인사들이 참석했다.

있나요? 여기엔 여자만 있는 게 확실한 거죠? 그렇다면 다음에 읽은 문장이 무엇인지 알려드릴게요. "클로이는 올리비아를 좋아했다." 놀라지 마세요. 얼굴을 붉힐 것도 없어요. 우리 사회의 은밀한 곳에서는 이런 일들도 일어난다는 것을 인정합시다. 네, 여자가 여자를 좋아하기도 한답니다.

나는 "클로이는 올리비아를 좋아했다"라는 문장을 읽었어요. 그리고 이 문장에서 일어난 엄청난 변화에 충격을 받았습니다. 클로이가 올리비아를 좋아했다는 사실이 문학에서는 최초의 일일 거예요. 클레오파트라는 옥타비아를 좋아하지 않았어요. 만약 그랬다면 『안토니우스와 클레오파트라』는 완전히 다른 이야기가 됐겠지요. 잠시 『삶의 모험』에서 벗어나 생각해보니 『안토니우스와 클레오파트라』는 너무 단순하고 인습적인 작품이라고 감히 말할 수 있겠어요. 클레오파트라가 옥타비아에게 느낀 감정은 단순히 질투뿐이었습니다. 그녀가 나보다 키가 클까? 머리는 어떻게 한 거지? 그 연극에서 그 이상은 더 필요하지도 않았죠. 두 여성의 관계가 조금만 더 복잡했다면 그 작품이 얼마나 더 흥미로워졌을까요?

문학 작품에 등장해온 화려한 여성들을 머릿속에서 빠르게 훑어가며 모든 여성의 관계가 너무나도 단순하다고 생각했어요. 너무나 많은 게 배제되고 시도조차 되지 않았죠. 내가 읽은 내용 중에 두 여성이 친구로 등장한 경우가 있는지 기억해보려고 애를 썼어요. 『교차로의 다이애나*』에서 시도된 적이 있네요. 물론 라신의 작품이나 그리스 비극에서는 여성이 절친한 친구로 등장하기도 합니다. 여성은 모녀 사이로도 이따금 등장하지요. 그러나 대부분은 남성과 관련된 인물로 등장합니다.

제인 오스틴의 시대 전까지 픽션에 등장하는 위대한 여성들은 남성에 의해 관찰됐을 뿐만 아니라 남성과의 관계를 통해서만 조명을 받았다니 참 이상한 일이지요. 여성의 인생에서는 아주 작은 부분일 텐데 말입니다. 더구나 남성이 여성을 볼 때는 성性이라는 관념이 남성의 코끝에 씌워준 검은 안경 혹은 장밋빛 안

* 『교차로의 다이애나Diana of the Crossways』는 조지 메러디스의 1885년 소설이다. 불행한 결혼을 한 주인공을 통해 여성이 겪는 사회 제약들을 조명한 작품으로 페미니스트 소설의 사례로 평가되기도 한다.

경을 통해야만 했으니 그들이 알면 뭘 얼마나 알았겠습니까? 그래서 픽션에 등장하는 여성은 천성이 이상한 모양입니다. 아름다움과 흉악함의 양극단에 있거나, 천상의 여신이 됐다가 지독히 타락한 여자가 됐다가 하죠. 사랑에 빠진 남자는 그 사랑이 타오르거나 지는 과정을 통해, 혹은 사랑이 순탄하거나 불행해짐에 따라 그녀를 보기 때문입니다.

물론 19세기 소설가들에게는 해당하지 않는 얘기입니다. 여성은 훨씬 더 다양해지고 복합적인 인물이 되죠. 남자들은 여성에 관해 쓰고 싶다는 욕구로 인해 여성을 활용할 수 없는 격렬한 시극 형식을 버리고, 소설이라는 형식을 그들의 글을 담을 더 적절한 그릇으로 활용하게 됐는지도 모릅니다. 그렇다고는 해도 남자들의 여성에 대한 시각은 여전히 제한적이고 편파적입니다. 심지어 프루스트의 글에서도 그렇죠. 사실 여성이 남성을 보는 시각도 마찬가지예요.

또 한 가지, 여성도 남성과 마찬가지로 가사에 대한 끝없는 관심 외에 다른 관심사가 생기기 시작했다고, 다시 책을 내려다보며 생각했어요. "클로이는 올리비아를 좋아했다. 둘은 실험실을 함께 썼다." 나는 계속 읽어나가면서 두 여성이 악성 빈혈 치료제로 쓰이는 간肝을 잘라내는 일을 한다는 걸 알았어요. 비록 둘 중 한 사람은 결혼했고(내가 맞게 얘기하는 거겠죠?) 어린아이도 둘이나 있었지만요. 물론 예전에는 이런 얘기를 쓸 수 없었기 때문에 소설에 나오는 여성의 화려한 모습은 지나치게 단순하고 단조로웠죠.

문학에서 남성이 오직 여성의 연인으로만 표현된다고 생각해보세요. 남자가 남자의 친구로도, 군인으로도, 사색가로도, 몽상가로도 표현되지 않는다면 셰익스피어의 연극에서 남자들이 맡을 역할은 얼마나 적어질까요? 문학이 입을 피해는 또 어떻고요! 오셀로와 안토니우스는 크게 달라지지 않겠지만 시저도, 브루투스도, 햄릿도, 리어 왕도, 자크도 존재하지 않을 테니 문학은 깜짝 놀랄 정도로 빈곤해지겠죠. 여성에게 닫혀 있던 문들 때문에 문학이 헤아릴 수 없을 만큼 빈곤해진 것과 비슷하겠죠. 원치 않는 결혼을 하고 방구석에 그리고 한 가지 일에만 갇혀 사는데, 극작가가 어떻게 제대로 된, 흥미로운, 혹은 진정한 묘사를 할 수 있었겠어요. 여성은 오직 사랑을 통해서만 해석할 수 있었습니다. 여자를 증오하는 쪽을 선택하지 않았다면(시인이 여자를 증오하는 경우는 여자들이 그에게 매력을 못 느끼는 경우가 대부분이었어요), 시인은 열정적이거나 신랄해져야만 했죠.

자, 클로이가 올리비아를 좋아하고 실험실을 함께 쓴다면 둘이 더 공적인 관계가 될 테고, 그래서 두 사람의 우정이 더 다채로워지고 더 오래 지속할 수 있다면? 그리고 메리 카마이클이 글을 제대로 쓰는 법을 알고 있다면(실은 나도 그녀 문체의 몇몇 특징을 좋아하기 시작했어요), 만약 그녀에게 자기만의 방이 있다면, 만약 1년에 5백 파운드의 고정 수입이 있다면(이건 확인해봐야 알 수 있겠지요), 그렇다면 대단히 중요한 사건이라고 생각합니다.

클로이가 올리비아를 좋아하고 메리 카마이클이 그것을 제대로 표현할 줄 안다면 그녀는 아직 아무도 발을 들이지 못한 거대한 공간에 횃불을 밝히는 겁니다. 그곳은 어둑어둑하고 깊은 그림자들이 드리워진, 우리가 발을 내딛는 자리가 어딘지도 알지 못한 채

촛불을 위아래로 비추며 들어가야 하는 구불구불한 동굴 같은 공간입니다.

나는 책을 다시 읽기 시작했어요. 올리비아가 선반에 병을 올려두며 아이들이 기다리는 집으로 돌아가야 할 시간이라고 말하는 걸 클로이가 지켜보는 대목이었죠. 이런 장면은 태초에 세상이 시작된 이래 아직 한 번도 보지 못한 장면이야, 라고 외쳤어요. 그리고 호기심을 잔뜩 품고 숨을 죽이며 지켜봤어요. 메리 카마이클이 지금껏 한 번도 기록된 적 없는, 몸짓과 말로 표현되지 않은, 혹은 반쯤만 표현된 말들을 어떻게 포착해내는지 보고 싶었기 때문이에요. 남성의 변덕스럽고 편향된 빛을 받지 않을 때, 여자들끼리만 있을 때 생겨난 그런 몸짓과 표현은 천장에 붙은 나방의 그림자보다도 희미하게 모습을 드러낼 뿐입니다.

나는 계속 읽어나가며 만약 메리가 그걸 표현할 생각이라면 숨을 죽여야 할 거라고 말했어요. 여자들은 동기가 불분명한 관심을 무척 의심스러워하고, 은폐와 억제에 너무나도 익숙해진 나머지 자신을 향한 눈빛의 미세한 깜빡임만으로도 금세 사라지기 때문이에요. 당신이 그걸 해낼 수 있는 유일한 방법은, 나는 메리 카마이클이 내 앞에 있는 것처럼 말했어요, 다른 것에 관해 얘기하는 거예요. 창밖을 가만히 내다보며 연필로 노트에 쓰는 것이 아니라 아주 빠른 속기로, 음절이 채 분리도 되지 않은 단어로 기록하는 거죠. 올리비아(수만 년 동안 바위 그림자 아래 숨어 있던 존재)가 자신에게 빛이 떨어지는 것을 느낄 때, 낯선 음식(지식, 모험, 예술)이 자기 쪽으로 다가올 때 무슨 일이 일어나는지를 말이에요.

올리비아는 그것을 향해 손을 내밀고 다른 목적을 위해 고도로 발달된 자신의 재능들을 완전히 새롭게 결합해내는 방식을 고안해내야 하며, 그래서 한없이 섬세하고 정교한 전체의 균형을 망가뜨리지 않으면서도, 새로운 것을 옛것으로 흡수할 수 있어야 한다고, 책에서 눈을 떼며 생각했습니다.

아아, 그런데 나는 절대로 하지 않겠노라 굳게 결심한 일을 그만 저지르고 말았네요. 별 생각 없이 나의 성별인 여성에 대한 칭찬이 입에서 흘러나오고 만 거죠. '고도로 발달된'이나 '한없이 섬세하고' 같은 말은 틀림없는 칭찬이고, 자신의 성을 칭찬하는 일은 의심을 살 만하며, 때론 어리석어 보입니다. 그뿐만 아니라 어떻게 정당화할 수 있겠어요? 지도를 펼쳐 보이며 아메리카 대륙을 발견한 콜럼버스를 여자라고 말할 수도 없고, 사과를 하나 집어들며 중력의 법칙을 발견한 뉴턴이 여자라고 말할 수도 없으며, 비행기가 날아가는 하늘을 올려다보며 비행기는 여자가 발명했다고 말할 수도 없지요. 어떤 벽에도 여성의 정확한 높이를 잴 수 있는 표시가 없죠. 좋은 엄마의 자질이나 딸의 헌신 혹은 자매의 신의나 가정부의 능력을 잴 수 있는, 1인치씩 깔끔하게 눈금이 나누어진 자도 없어요. 아직도 대학에서 성적으로 평가받는 여성이 드물고 육군이나 해군, 무역, 정치, 외교 등 험난한 직업적 시련을 겪어본 여성도 없어요. 여성은 지금 이 순간까지도 제대로 평가받은 적이 없습니다.

반면 헐리 버츠 경에 대한 모든 것을 알고 싶을 땐 『버크 귀족 연감』이나 『더브렛 연감*』을 펼쳐보면 됩

*『더브렛 연감』은 왕족, 귀족과 상류 계급의 작위와 작위를 받은 연도 등을 자세히 기록한 연감이다.

니다. 그가 어떤 학위를 받았는지, 저택은 소유했는지, 상속자는 있는지, 어느 부처의 장을 역임했는지, 그리고 캐나다의 영국 대사직을 지냈다는 것까지도 알 수 있습니다. 그의 장점들이 분명하게 드러나는 학위, 훈장, 공직 등도 확인할 수 있어요. 헐리 버츠 경에 대해 이보다 더 잘 아는 자는 오직 하느님뿐일 거예요.

그런데 내가 여성을 '고도로 발달되고' '한없이 섬세한' 존재라고 말할 때는 『휘터커 연감』이나 『더브렛 연감』 혹은 『대학 연감』으로도 입증할 길이 없습니다. 이처럼 입장이 곤란한데 내가 무얼 할 수 있겠어요? 나는 다시 책장을 봤어요. 존슨과 괴테와 칼라일과 스턴, 쿠퍼와 셜리, 볼테르와 브라우닝 그리고 다른 많은 이의 전기가 꽂혀 있었죠.

이 위대한 남자들은 이런저런 이유로 여성을 찬미하고, 찾고, 함께 살고, 속마음을 공유하고, 사랑하고, 여성에 대한 글을 쓰고, 신뢰하고, 그리고 특정한 여인을 필요로 하며 의지한다고밖에 표현할 수 없는 태도를 보여 왔다고 생각합니다. 이 모든 관계가 완전히 플라토닉한 것이라고는 단언하지 않겠어요. 그런 사실은 윌리엄 조인슨 힉스 경*도 부인할 겁니다.

그러나 우리가 이 저명한 남성들이 여성과의 관계에서 위안과 달콤한 찬사와 육체의 쾌락만 얻었다고 생각한다면 큰 오산이에요. 그들이 얻은 건 같은 성性인 남성은 제공할 수 없는 것이었어요. 더 나아가 굳이 시인의 격정적인 표현을 빌리지 않고도 그것은 오직 여성만이 줄 수 있는 자극이며 창조적인 힘의 부활이라 정의한다고 해도 실언이 아니라고 생각합니다.

그가 거실이나 아기방 문을 열면 그녀가 아이들에게 둘러싸여 있거나 무릎에 수틀을 올려놓은 모습을 발견할 테죠. 그 모습은 삶의 다른 질서와 체계의 중심일 테고, 이런 세계와 그의 세계(법정 혹은 하원)가 대조되면서 단번에 기분이 전환되고 활기가 솟는 것을 느낄 거예요. 곧 이어지는 별것 아닌 대화에서도 둘 사이의 자연스러운 의견 차이가 그의 메마른 아이디어를 비옥하게 만들 테죠. 그녀가 그와는 전혀 다른

* 윌리엄 조인슨 힉스William Joynson Hicks, 1865~1932는 아주 보수적인 정치인으로 당시 내무부 장관을 지냈다.

표현 방식으로 무언가를 창조하는 모습이 그의 창의력을 왕성하게 자극해서 다시 이런저런 구상을 할 것이며, 그녀를 방문하기 위해 모자를 쓰다가도 해결하지 못한 문장이나 장면을 불현듯 떠올릴 거라고 생각합니다.

모든 새뮤얼 존슨에게는 그만의 트레일 부인**이 있습니다. 앞에서 얘기한 이유 때문에 트레일 부인에게 단단히 의지한 터라 어느 날 그녀가 이탈리아 음악가와 결혼하자 존슨은 분노와 혐오감으로 반쯤 미쳐버립니다. 이제 더는 스트리덤***에서 즐겁게 지낼 수 없어서만이 아니라 삶의 빛이 '꺼져버릴 것'이라 생각했기 때문이죠.

존슨 박사나 괴테, 칼라일 혹은 볼테르가 아니라고 해도 여성의 정교함과 고도로 발달한 창조의 힘을 느낄 수 있습니다. 이런 위대한 인물들과는 무척 다르겠지만요. 누군가 방으로 들어간다고 상상해보죠. 여성이 방으로 들어갈 때 무슨 일이 일어날지 여성이

** 트레일 부인Hester Lynch Thrale, 1741~1821은 작가이자 예술후원자로서 새뮤얼 존슨 박사의 친구였다.

*** 스트리덤은 사우스 런던South London의 지역 이름이다.

묘사할 수 있으려면, 영어라는 언어 자원은 폭이 훨씬 넓어져야 하고 어휘는 과감하게 날개를 펼쳐야 합니다. 방은 저마다 완전히 달라요. 고요하기도 하고 우레가 치듯 요란하기도 하죠. 바다를 향해 열려 있기도 하고 교도소 앞마당을 향하기도 합니다. 빨래가 널려 있기도 하고 오팔과 비단으로 둘러싸이기도 하죠. 말 털처럼 뻣뻣하기도 하고 깃털처럼 부드럽기도 합니다.

여성의 지극히 복잡한 힘이 우리의 얼굴로 곧장 날아들게 하려면 아무 거리의 아무 방으로나 들어가면 됩니다. 다른 방법이 있을 수 있을까요? 여성은 그 수많은 세월 동안 방 안에만 앉아 있었는데요. 그래서 벽까지 그녀들의 창조적 힘이 스며들었죠. 그 힘이 벽돌과 회반죽의 수용 범위를 넘어섰기에 이제는 그 힘을 펜과 붓, 사업과 정치에 쏟아야 합니다. 여성의 창조력은 남성과 상당히 다릅니다. 그 힘이 방해받거나 낭비된다면 대단히 유감스러운 일이에요. 여성의 창조력은 수백 년 동안 극도의 단련을 통해 완성된 것이고, 그걸 대신할 만한 건 없기 때문이죠.

여성이 남성처럼 글을 쓰고, 남성처럼 살고, 남성처럼 보인다면 그 또한 대단히 유감일 거예요. 이 세상이 거대하고 다양하다는 점을 고려하면 두 개의 성性도 부족한데 어떻게 하나의 성만으로 세상이 굴러가겠어요? 교육을 통해 두 성별의 유사성보다는 차이를 끌어내고 강화해야 하지 않을까요? 이미 유사성은 너무 많으니까요. 어느 탐험가가 다른 나뭇가지를 통해 다른 하늘을 보는 또 다른 성性을 발견해 온다면 인류에게 그보다 더 위대한 공헌은 없을 것입니다. 덤으로 X 교수가 스스로 '우월함'의 길이를 증명하기 위해 막대자를 가지러 정신없이 뛰어가는 모습을 지켜보는 엄청난 즐거움도 얻을 거예요.

나는 책에서 약간 떨어진 허공에 시선을 둔 채 메리 카마이클이 관찰자로서 작품을 써나갈 것 같다는 생각을 했어요. 사변적인 소설가가 아니라 내가 가장 흥미를 느끼지 못하는 자연주의 소설가가 되고 싶은 유혹을 받을 거라고 느낀 건 그녀가 관찰할 게 너무나 많았기 때문이에요. 이제 그녀는 중상류층의 점잖은 집에 얽매일 필요가 없습니다. 이제 그녀는 친절함이

나 호의가 아닌 같은 여성이라는 유대감으로 정부情婦, 매춘부 그리고 퍼그 강아지를 곁에 둔 숙녀가 앉아 있는 그 작고 향기 나는 방에 들어갈 거예요. 그 여자들은 여전히 남성 작가가 강제로 대충 어깨에 씌워놓다시피 한 기성복을 입은 채 앉아 있죠.

메리 카마이클은 가위를 꺼내 들고 그 여자들의 모든 굴곡과 각도에 맞춰 옷을 지을 겁니다. 이 여자들이 본연의 모습을 그대로 드러낸다면 정말 흥미로운 장면이 될 거예요. 그러나 우리는 좀 더 기다려야 합니다. 메리 카마이클은 아직도 '죄악'을 범하고 있다는 자의식에서 자유롭지 못하기 때문이에요. 그 자의식은 야만적인 성문화의 유물이죠. 아직도 부당하고 해묵은 계급이라는 족쇄를 발에 채우고 있는 겁니다.

대다수 여성은 창녀도 정부도 아니고, 여름날 오후 내내 먼지 나는 벨벳 옷을 입고 퍼그 강아지를 끌어안은 채 앉아 있지도 않습니다. 그들은 과연 무얼 할까요? 이런 생각을 하자마자 내 눈앞에는 강의 남쪽 거리가 떠올랐어요. 끝도 없이 이어진 그 거리에는 무수히 많은 사람이 살고 있죠. 나는 상상 속에서 아주 연

로한 노부인이 딸로 보이는 중년 여성의 팔에 의지해 길을 건너는 모습을 보았습니다. 둘 다 부츠를 신고 털을 두르고 제대로 갖춰입었으며, 오후에 이렇게 치장하고 나가는 것이 연례행사처럼 보였어요. 그들이 걸친 옷은 해마다 여름이면 좀약과 함께 옷장에 고이 넣어둔 것이겠죠. 두 사람은 매년 그래왔듯이 가로등에 불이 들어올 때쯤 길을 건넜어요(그들은 땅거미가 지는 시간을 가장 좋아하기 때문이죠).

노부인은 여든에 가까워 보였지만 누군가 삶이 어떤 의미였냐고 묻는다면, 발라클라바 전투* 때문에 거리에 불을 밝혔던 걸 기억해내거나, 에드워드 7세가 탄생했을 때 하이드 파크에 축포가 울리는 소리를 들었던 얘기를 할 거예요. 정확한 날짜, 계절과 함께 어느 순간을 떠올리고 싶은 누군가가, 1868년 4월 5일 혹은 1875년 11월 2일에 무엇을 했느냐고 묻는다면, 잠시 멍하게 있다가 아무것도 기억나지 않는다고 말할 겁니다. 꼬박꼬박 저녁을 차리고, 접시와 컵

* 발라클라바 전투는 크림전쟁 중인 1854년 10월 25일 영국과 러시아가 벌인 전투다.

을 닦고, 아이들을 학교로 세상으로 내보내야 했으니까요.

하지만 그 모든 것 중에 남은 건 없습니다. 모든 게 사라졌죠. 어떤 전기도 역사도 그에 대해 한마디도 할 말이 없습니다. 소설들은 고의는 아니지만 어쩔 수 없이 거짓말을 합니다. 알려지지 않은 이 모든 삶은 마땅히 기록돼야만 하는 것이라고, 나는 메리 카마이클이 내 앞에 있는 것처럼 말했어요.

그리고 생각 속에서 런던의 거리를 걸어나갔죠. 통통하게 부은 손가락에 반지를 끼고 허리에 손을 얹은 채 길모퉁이에 서서 셰익스피어의 대사를 읊는 몸짓으로 얘기하는 여자들에게서 혹은 제비꽃을 파는 여자, 성냥 파는 여자, 문간에 앉아 있는 노파들에게서 그리고 물결이 태양과 구름을 비추듯 다가오는 남자와 여자와 상점 유리창의 깜빡거리는 불빛까지 모두 반영한 소녀의 얼굴에서, 오랜 침묵으로 인한 압박과 오랫동안 쌓여온 기록되지 않은 삶들을 상상하고 느꼈어요.

당신은 횃불을 단단히 들고 이 모든 것을 탐구해야

한다고, 메리 카마이클에게 말했어요. 무엇보다도 당신 영혼의 심오함과 얄팍함, 자만과 겸손함을 환히 밝혀 바라보아야 해요. 당신의 아름다움 혹은 추함이 당신에게 어떤 의미이며, 화학자의 화장품 병에서 새어나와 드레스 천을 파는 상점가의 가짜 대리석 바닥으로 흐르는 희미한 향기 사이에서 장갑과 구두와 이런저런 물건들이 위아래로 춤을 추며 끊임없이 변화하고 뒤바뀌는 세계와 당신은 어떤 관계를 맺고 있는지도 밝혀야 합니다.

나는 상상 속에서 상점 안으로 들어갔어요. 바닥은 흰색과 검은색이 어우러지고 벽에는 놀라울 정도로 아름다운 색색의 리본들이 걸려 있었어요. 메리 카마이클도 지나가며 보았을 거라고 생각했죠. 그 광경은 안데스 산맥의 눈 덮인 산봉우리와 암벽, 협곡처럼 글로 쓰기에 딱 좋은 광경이었거든요. 상점 계산대 뒤에는 젊은 여성이 서 있었어요.

나는 Z 교수와 그 부류들이 지금 쓰고 있는 나폴레옹의 150번째 전기나 키츠의 밀턴 시풍의 도치에 대한 70번째 연구보다는 그 여성의 진실한 역사를 알고 싶었습니다. 발끝으로 가만가만 걷듯이 아주 조심해서(한때 어깨에 맞을 뻔했던 채찍이 너무나 두려워 겁이 났거든요) 그녀 역시 상대 성性의 허영(특이함이라고 말하는 편이 낫겠죠, 그게 좀 덜 공격적인 단어니까요)에 대해 씁쓸함을 느끼지 않으며 비웃는 법을 배워야 한다고 중얼거렸어요. 사람은 누구나 자신은 절대로 볼 수 없는 뒤통수에 동전 크기의 점이 있기 때문입니다.

뒤통수의 동전 크기 점에 대해 묘사해주는 것은 하나의 성이 다른 성에게 해줄 수 있는 선의입니다. 유베날리스*의 지적과 스트린드베리**의 비평이 여성에게 얼마나 유용했는지 생각해보세요. 남성들이 아주 옛날부터 그들의 절절한 인간애와 재치로 여성의 뒤통수에 있는 그 어두운 부분을 지적해왔다는 사실을 떠올려보세요! 그러니 메리가 아주 용감하고 아주 솔직하다면 남성의 뒤쪽으로 돌아가 그곳에서 무엇을 발견했는지 우리에게 말해줘야 합니다. 남성에 대한

* 유베날리스는 고대 로마의 풍자 시인이다.

** 아우구스트 스트린드베리Johan August Strindberg, 1849~1912는 스웨덴의 극작가이자 소설가다. 단편집 『결혼Giftas』에서 당시 여성해방운동을 냉소했다.

진실한 그림은 여자가 그 동전 크기의 점을 묘사하기 전까지는 그릴 수 없는 법입니다.

우드하우스 씨와 캐서본 씨***가 바로 그만한 크기와 특징의 점을 달고 있는 인물이죠. 제정신을 가진 사람이라면 그녀에게 경멸과 조롱으로 일관하라고 조언하진 않을 거예요. 그런 정신으로 쓴 글은 가치가 없다는 것을 이미 문학이 증명했으니까요. 진실하게 임한다면 그 결과는 놀라울 정도로 흥미진진해질 겁니다. 희극은 풍성해질 것이고, 새로운 사실들이 발견될 겁니다.

이제는 다시 눈길을 돌려야 할 때입니다. 메리 카마이클이 무엇을 썼고 무엇을 써야 할지 추측만 하기보단 실제로 메리 카마이클이 무엇을 썼는지 확인하는 편이 나을 테니까요. 그래서 나는 다시 읽기 시작했습니다. 내가 그녀에게 유감이 있었다는 사실이 기억났죠. 메리 카마이클이 제인 오스틴의 문장을 훼손하는 바람에 나의 완벽한 취향과 세심한 귀를 자랑할

*** 우드하우스 씨는 소설 『엠마』에서 엠마의 아버지이고, 캐서본 씨는 조지 엘리엇의 소설 『미들마치』에서 여주인공 도로테아의 매력 없는 남편이다. 작가는 이들을 결함 있는 남성의 사례로 거론한 듯 보인다.

기회를 빼앗겨버렸죠. 두 작가 사이에 유사성이 전혀 없음을 인정할 때, "네, 네, 이 책도 잘 쓰긴 했네요. 하지만 제인 오스틴이 당신보다는 훨씬 잘 썼어요"라고 말하는 것은 무의미하기 때문입니다.

그녀는 한발 더 나아가 독자가 예상하는 순서인 글의 연속성도 끊어버렸죠. 그녀가 여자들처럼 글을 썼다면 여자들이 으레 그러하듯 모든 걸 그저 순서대로 나열하려고 했지만 무의식적으로 연속성을 끊어버린 건지도 몰라요. 어찌됐든 결과는 다소 당황스러웠어요. 독자들은 높이 솟는 물결도, 다음 길모퉁이에서 닥치고 있는 위기도 볼 수 없죠. 그래서 나는 내 감정의 깊이나 인간의 감성에 대한 심오한 지식도 자랑할 수 없었어요. 사랑이나 죽음에 대해 일상의 장소에서 일상의 감정을 느끼려고 할 때마다 성가신 존재가 나를 획 낚아채버렸거든요. 중요한 지점은 좀 더 지나야 나온다는 듯 말이죠.

그래서 메리 카마이클은 '근본적인 감정' '인류의 보편적인 특징' '인간 내면의 깊이'에 대한 듣기 좋은 말뿐만 아니라 우리가 겉으로는 영악해 보일지라도 내면은 진지하며 깊이 있고 인도적이라고 굳게 믿고 있음을 표현한 수많은 문장조차 하나도 말할 수 없게 만들어버렸죠. 오히려 진지하고 깊이 있고 인도적이라고 느끼는 대신(이 생각은 훨씬 덜 매력적인데요) 사람은 그저 나태하고 관습적인 존재일 수도 있다고 느끼게 해주었어요.

나는 계속 읽어나갔고, 다른 사실들도 발견하기에 이르렀어요. 그녀는 '천재'가 아니었습니다. 그것만은 분명했죠. 레이디 윈칠시, 샬롯 브론테, 에밀리 브론테, 제인 오스틴, 조지 엘리엇 같은 위대한 선배들의 자연에 대한 사랑, 불타는 상상력, 폭풍 같은 시심, 번뜩이는 재치, 음울한 지혜 같은 것을 갖지 못했어요. 그녀는 도로시 오스본의 선율과 품위를 갖춘 글을 쓰지도 못했죠. 10년 후면 출판사에서 그녀의 책을 재생용지로 재활용해버릴, 그냥 좀 똑똑한 여성 정도밖에 안 됐던 거예요. 다만 그녀에게는 불과 50년 전만 해도 재능이 뛰어난 여성조차 갖지 못한 유리한 점이 있었답니다.

남자는 이제 더 이상 그녀의 '반대파'가 아니었어

요. 그녀는 그들에게 맞서 시위하느라 시간을 낭비할 필요도 없었고, 지붕 위로 기어올라가 자신에게 허락되지 않은 여행, 경험 그리고 세상과 사람들에 대한 지식을 갈구하느라 마음의 평화를 깨뜨릴 필요도 없었죠. 두려움과 증오는 사라졌고, 과장된 자유의 기쁨과 낭만보다는 신랄하고 풍자적으로 남성을 대하는 경향에서 그 흔적만 엿볼 수 있을 뿐이에요.

그녀가 자연스레 작가로서 최고 수준의 혜택을 누렸을 거라는 데는 의심의 여지가 없어요. 그녀의 감성은 폭넓고, 열렬하고, 자유로우며 감지하기 어려운 미세한 자극에도 반응했죠. 그녀의 감성은 공중에 떠 있는 식물처럼 자신에게 향하는 모든 광경과 소리를 빨아들였어요. 알려지지 않은 것이나 기록되지 않은 것들 사이를 왕성한 호기심으로 아주 예민하게 넘나들며 작은 것들을 환히 비추었고, 어쩌면 그것들은 작은 것이 아닐 수도 있음을 보여 주기도 했어요. 묻혔던 것을 세상에 드러냈고, 사람들은 이것들을 왜 여태껏 묻어뒀을까 의아하게 생각했죠.

그녀는 서툴기도 했고, 펜을 조금만 놀려도 사람들

의 귀를 즐겁게 해줄 수 있는 새커리나 램 같은 작가들의 오랜 문학 전통에 무의식적으로 영향을 받지 못했지만, 첫 번째로 위대한 교훈을 터득했다는 생각이 들기 시작했어요. 그녀는 여성으로서 글을 썼지만 자신이 여성임을 잊어버린 여성으로서 글을 쓴 것이고, 따라서 그녀의 작품은 성을 의식하지 않을 때만 발현될 수 있는 특이한 성적 특징이 가득했어요.

이 모든 건 크게 환영할 일입니다. 단, 그녀가 일시적이고 개인적인 것에서 벗어나 영구적인 체계를 창조하지 못한다면 아무리 감성이 풍부하고 통찰력이 섬세하다 한들 소용없는 일이지요. 나는 그녀 스스로 '상황'과 직면할 때까지 기다릴 거라고 말했죠. 그녀가 모으고, 손짓하고, 종합함으로써 단순히 수면만 건드리는 게 아니라 깊은 심연까지 들여다볼 줄 아는 작가임을 증명할 때까지 기다리겠다는 의미입니다.

어느 순간 그녀는 "이제 때가 왔어. 굴욕스러운 짓을 하지 않고도 이 모든 것의 의미를 보여줄 수 있어"라고 말할 거예요. 그렇게 시작해서(그 움직임이 얼마나 활기찬지요!) 손짓하고 부르며 반쯤은 잊혔던, 어쩌면 다른 장章에서 깔아뒀던 아주 사소한 것들이 기억 속에 되살아날 겁니다. 그녀는 독자들이 나중에 아주 자연스럽게 바느질을 하거나 파이프를 피우다가도 그 존재를 느낄 수 있도록 만들 것이고, 그녀가 계속 글을 써내려감에 따라 독자들이 세상 꼭대기에 올라가 저 아래 아주 장대하게 펼쳐진 것을 내려다본 듯한 느낌이 들게 만들 거예요.

그녀는 계속 새로운 시도를 하고 있었어요. 나는 시험을 통과하기 위해 애쓰는 그녀를 지켜보면서 주교와 사제, 박사와 교수, 가부장과 교사가 모두 그녀를 향해 경고와 충고를 해대는 모습을 보지 않기를 바랐답니다. 이건 할 수 없고, 저건 해선 안 돼! 연구원과 학자만 잔디를 밟을 수 있어요! 여성은 초대장 없이 입장할 수 없어요! 출세를 원한다면, 품위 있는 여성 소설가라면 이쪽으로 와야 합니다! 그들은 경마장의 관중들처럼 그녀에게 소리를 질러댔고, 왼쪽도 오른쪽도 보지 않고 꿋꿋이 장애물을 넘어가는 것이 그녀가 치러야 할 시험이었어요.

나는 그녀에게 "욕을 하려고 멈춘다면 당신이 지는

거예요"라고 말했어요. 비웃으려고 멈추어도 마찬가지죠. 주저하거나 더듬거리면 끝장이에요. 오직 장애물을 뛰어넘는 데만 집중하라고, 그녀에게 내 전 재산을 걸기라도 한 것처럼 애원했어요. 그녀는 마치 새처럼 장애물을 넘었답니다.

하지만 그다음에도 또 그다음에도 장애물은 계속 서 있었어요. 그녀에게 계속 버텨낼 지구력이 있을지 염려됐어요. 박수와 고함이 신경을 곤두서게 했거든요. 하지만 그녀는 최선을 다했어요. 메리 카마이클이 천재도 아닌 데다 시간, 돈 그리고 여유 같은 이상적인 조건을 갖추지 못한 상태로 침실 겸 거실인 방에서 첫 소설을 쓰는 한낱 무명의 여자라는 점을 고려할 때 그 정도면 괜찮게 해냈다고 생각합니다.

"사람들의 코와 맨어깨가 별이 빛나는 하늘 아래 그대로 드러났다. 누군가 거실의 커튼을 젖혔기 때문이었다." 소설의 마지막 장을 읽으며 그녀에게 백 년이란 시간을 준다면, 그녀에게 자기만의 방과 1년에 5백 파운드를 준다면, 그녀에게 자신의 마음을 말하게 하고 지금 쓴 것의 절반만 덜어낸다면 더 좋은 책을 쓸 수 있을 거라고, 결론을 내렸어요. 그리고 메리 카마이클의 『삶의 모험』을 책장 끝에 꽂아두며 말했답니다. 백 년의 시간을 다시 준다면 그녀는 시인이 될 거라고요.

6 장

*

다음 날 10월의 아침 햇살이 커튼을 치지 않은 창문 사이로 먼지 낀 빛줄기를 그리며 들어왔어요. 거리에서는 자동차 소리가 들려오기 시작했죠. 런던은 다시 깨어나고 있었어요. 공장이 활기를 띠며 기계들이 작동하기 시작했죠. 책을 많이 읽고 나니 창밖을 내다보며 1928년 10월 26일 아침에 런던은 무엇을 하는지 보고 싶다는 유혹을 느꼈죠.

정말로 런던은 무얼 하고 있었을까요? 『안토니우스와 클레오파트라』를 읽는 사람은 아무도 없는 것 같았어요. 런던은 셰익스피어의 희곡에 무관심한 듯 보였죠. 픽션의 미래라든가, 시의 죽음이라든가, 평범한 여성의 생각을 완전히 표현하게 된 산문의 발전 따위는 털끝만큼도 관심이 없는 것 같았어요.

물론 그들을 원망하는 건 아닙니다. 이 문제들에 대한 의견을 보도에 분필로 써놓았다 해도 그걸 읽기 위해 발길을 멈출 사람은 없을 거예요. 갈 길이 바쁜 냉담한 발길들이 30분이면 그 의견들을 모두 지워버릴 겁니다. 심부름꾼 아이가 지나가고, 젊은 여자가 개를 끌고 지나갈 테죠.

런던 거리의 매력은 비슷한 사람을 둘 찾기도 어렵다는 거예요. 사람들은 저마다 개인사로 바빠 보였죠. 사업가처럼 보이는 작은 가방을 든 사람이 있고, 막대기로 난간에 덜그럭덜그럭 소리를 내며 지나가는 떠돌이가 있고, 거리가 사교장인 듯 마차에 탄 사람들을 부르며 묻지도 않은 정보를 건네주는 사교적인 사람도 있었죠. 장례식도 있었어요. 몇몇 사람은 그 광경을 통해 문득 자신의 죽음을 상기하며 모자를 들어 보이기도 했어요. 아주 기품 있는 신사가 천천히 현관 계단을 내려오다가, 화려한 모피 코트를 입고 제비꽃 한 다발을 품에 안은 어딘지 모르게 부산해 보이는 숙녀와 부딪힐세라 잠시 멈춰섰죠. 이 모든 사람이 자기 일에만 몰두한 듯 보였어요.

바로 이 순간, 통행이 일제히 멈췄어요. 런던에서는 흔히 있는 일이죠. 거리엔 아무것도 달리지 않았고, 아무도 지나가지 않았습니다. 거리 끝의 플라타너스에서 나뭇잎 하나가 떨어지더니 모든 것이 멈춘 그 순간 속으로 떨어져내렸어요. 그건 신호가 떨어지는 것과 같았어요. 우리가 간과한 어떤 것들의 내부 힘을 가리키는 신호 같았죠. 바로 강을 가리키는 것 같았어요. 보이지 않게 흐르며 모퉁이를 돌고 거리를 지나서 사람들을 싣고 소용돌이치며 흘러가는 강 말이죠. 옥스브리지의 강줄기가 배에 대학생과 낙엽을 싣고 흘러간 것처럼 말이에요. 이제는 거리 한쪽 끝에서 대각선 방향으로 흐르더니 에나멜 부츠를 신은 여성과 갈색 코트를 입은 청년을 데려오더니 택시까지 한자리로 데려왔죠. 그렇게 셋을 내 창문 바로 아래에 모아 놓았어요. 택시가 바로 그 지점에 멈추자 여성과 청년도 멈춰서 택시에 탔고, 택시는 물살에 휩쓸리듯 다른 곳으로 미끄러지며 떠나버렸어요.

아주 일상적인 광경이었어요. 신기한 것은 나의 상상력이 그것에 살아 있는 박자감을 심어줬다는 점과 두 사람이 함께 택시에 타는 평범한 광경이 그들의 만족감을 전달하는 힘이 있었다는 점이죠. 두 사람이 거리를 걸어내려와 길모퉁이에서 만나는 광경이 마음의 긴장을 풀어주는 것 같다고, 택시가 모퉁이를 돌아 출발하는 모습을 보며 생각했어요. 지난 이틀간 내가 생각한 것처럼 하나의 성을 다른 성과 완전히 다른 별개로 보는 것은 노력이 필요한 일일지도 모릅니다. 그런 생각은 마음의 조화를 방해하죠. 이제 그런 노력을 그만두고 두 사람이 함께 택시에 타는 모습을 보는 것으로 마음의 조화가 회복됐지요. 마음은 분명 아주 신비로운 기관인 것 같다고, 창문 안으로 머리를 들여놓으며 생각했어요. 우리는 마음에 대해 아는 게 전혀 없으면서도 전적으로 마음에 의지하니까요.

나는 왜 육체가 압박을 느끼는 데는 분명한 원인이 있듯이 마음에도 단절과 대립이 있다고 느끼는 걸까요? '마음의 조화'는 무슨 의미일까요? 생각해보니 마음은 어느 순간에나 무엇에든 집중하는 엄청난 힘이 있기에 한 가지 형태로 존재하지 않는 것 같아요. 높은 창문에서 거리의 사람들을 내려다보면서도 마음은 자신을 그들로부터 분리된 존재로 생각할 수 있어요. 반면 무슨 소식을 듣기 위해 군중 속에 묻혀서 기다리는 동안 자연스럽게 다른 사람들과 더불어 같은 생각을 할 수도 있죠. 여성 작가는 어머니를 통해서 생각한다고 내가 말한 것처럼 사람의 마음은 아버지나 어머니를 통해 과거를 떠올리기도 하죠.

다시 말하지만 여성이라면 자신의 의식이 급작스럽게 분리되는 놀라운 경험을 하기도 합니다. 화이트홀*을 걸어가며 나 역시 그 문명의 상속자라고 생각하다가 갑자기 거기서 소외된 외부의 비판자 같은 존재라고 느끼는 감정 말입니다.

분명히 마음은 늘 초점을 바꾸며 세계를 다른 관점

* 화이트홀은 관공서가 늘어서 있는 런던의 거리다.

에서 바라봅니다. 아무리 자발적으로 선택한 것이라 할지라도 어떤 마음의 상태는 다른 때보다 덜 편안한 것처럼 보이기도 합니다. 어떤 마음의 상태를 유지하기 위해서 무의식적으로 다른 것은 억눌러야 하는데, 그런 감정의 억압은 차츰 노력이 필요한 일입니다. 그러나 노력 없이도 유지되는 마음의 상태가 있습니다. 아무것도 억누를 필요가 없기 때문이죠. 이 광경을 봤을 때의 마음이 그중 하나일 거라고, 창문 안쪽으로 머리를 들이며 생각했어요. 이 남녀 한 쌍이 택시에 타는 것을 보는 순간 한때 분열됐던 나의 마음이 자연스럽게 다시 하나로 합쳐지는 느낌이었거든요. 그렇게 느낀 이유는 두 개의 성이 협력하는 게 가장 자연스러운 일이기 때문일 거예요.

비이성적일 수도 있지만 우리에겐 남성과 여성의 결합이 가장 큰 만족과 가장 완벽한 행복을 만든다는 이론을 지지하는 뿌리 깊은 본능이 숨어 있습니다. 두 사람이 택시에 타는 광경과 그것이 내게 준 만족감은 이런 질문을 만들어냈어요. 육체에 두 가지 성이 있는 것처럼 마음에도 두 가지 성이 존재할까? 완벽한 만족감과 행복을 얻으려면 마음의 두 가지 성이 조화를 이루어야 할까? 나는 미숙하게 영혼의 지도를 그리며 우리 안에 존재하는 두 개의 힘, 남성과 여성을 그려넣었습니다.

남성의 뇌 안에서는 남성이 여성보다 우월하고, 여성의 뇌 안에서는 여성이 남성보다 우월합니다. 우리라는 존재가 정상이고 편안한 상태가 되려면 이 두 개의 성이 영적으로 협력하여 조화롭게 어우러져야 합니다. 남자의 경우, 뇌의 여성적인 부분이 영향을 미치기 마련이고, 여성의 경우에도 내부의 남성과 교류해야 합니다. 콜리지*가 위대한 마음은 양성의 특성을 가졌다고 한 말은 이런 의미였는지도 모릅니다.

두 성이 융합될 때 마음은 진정 풍요로워지고 모든 기능을 활용할 수 있습니다. 순전히 남성적인 마음은 창조할 수 없고 순전히 여성적인 마음도 마찬가지일 거라고 생각합니다. 잠시 멈춰서 책을 한두 권 들춰보며 여성적인 남성과 남성적인 여성의 의미가 무엇

* 콜리지Samuel Taylor Coleridge, 1772~1834는 영국의 시인이자 평론가이며 대표작은 강연, 담화, 수첩 형식의 『문학 평전』이다. 셰익스피어론을 비롯한 많은 평론으로 평론사에서 거장의 위치를 확립했다.

인지 알아보는 일도 좋을 것 같아요.

콜리지가 위대한 마음은 양성적이라고 말했을 때, 특별히 여성과 공감하는 마음을 의미한 것은 분명 아닙니다. 여성의 생각만 지지하고 여성의 생각만 이해하는 데 헌신하는 것을 의미한 게 아니라는 얘기지요. 어쩌면 양성적인 마음이 단일한 성의 마음보다 성적 차이를 만드는 경향이 덜할지도 모릅니다. 콜리지가 말한 양성적인 마음이란 편하게 공감을 불러일으키고, 어려움 없이 감정을 전달하고, 선천적으로 창의력이 있고, 열정적이며 분열되지 않았음을 의미한 것 같아요.

사실 셰익스피어의 마음을 양성적인 유형이라 볼 수 있어요. 셰익스피어가 여성을 어떻게 생각했는지 알아내는 것은 불가능하지만 그의 마음은 여성적인 남성이었다고 할 수 있어요. 완전히 발달한 마음의 징표가 성에 치우치거나 성을 아예 분리해서 생각하지 않는 것이라면 지금은 그 어느 때보다도 그런 상태에 이르기 힘들어진 것 같아요. 나는 현존하는 작가들의 책 근처로 다가가 잠시 멈춰서서 이 사실이 나를 오랫

동안 혼란스럽게 만든 문제의 뿌리가 아닌가 생각해보았어요.

지금 우리의 시대만큼 노골적으로 성을 의식하는 시대는 없는 것 같아요. 남성이 여성에 관해 쓴 대영박물관의 수많은 책이 바로 그 증거랍니다. 여성 참정권 운동이 이런 시대 경향에 한몫했지요. 여성이 남성에 도전해 그들의 자기주장 욕구를 자극하지 않았다면, 생각해보지도 않았을 남성의 특성을 이 책들은 강조하고 있음이 분명합니다. 남성들이 예전에 도전받은 적이 한 번도 없었다면, 겨우 검은 보닛을 쓴 몇 안 되는 여성의 도전이라 해도 격하게 보복하기 마련이지요. 이런 점이 내가 여기서 발견한 몇 가지 특징을 설명할 수도 있겠다고 생각하며, A씨의 소설을 책장에서 뽑아들었어요.

A씨는 지금 한창 전성기의 작가로 특히 비평가들의 호평을 받고 있죠. 책을 펼쳤습니다. 남성이 쓴 글을 다시 읽는 것은 정말 즐거운 일이었어요. 여성의 글을 읽고 난 뒤에 읽으니 매우 직접적이고 솔직했죠. 그의 글은 마음의 자유, 한 인간의 자유 그리고 자신감

을 드러내고 있었죠. 한 번도 좌절하거나 반대에 부딪혀본 적 없는, 태어날 때부터 원하는 방향이라면 어디로든 뻗어나갈 수 있는 완전한 자유를 누렸다는 느낌, 잘 성장하고 좋은 교육을 받은 자유로운 마음에서 풍기는 현실의 행복을 느낄 수 있었죠. 이 모든 게 감탄스러울 뿐이었어요.

하지만 한두 장을 읽고 나니 그림자 하나가 책장 위로 드리워지는 것 같았어요. 일자형의 어두운 막대기로 I처럼 생긴 그림자였어요. 그 글자가 가린 풍경을 보려고 이쪽저쪽으로 몸을 움직여봤습니다. 나무인지, 걸어가는 여자인지 확실하지 않았어요. 돌아오면 어김없이 I가 나를 반가이 맞아줬지요. 그러자 나는 I에게 진력이 나기 시작했죠. I가 정말 존경할 만하고, 정직하며 논리적이고, 견과처럼 단단하고, 수 세기에 걸친 훌륭한 가르침과 좋은 음식으로 세련된 존재가 됐다는 걸 부인하는 건 아니에요. 나는 I를 진심으로 존경하고 찬미합니다. 그러나(나는 이 부분에서 무언가를 찾으려고 책을 한두 장 넘겨보았어요) 정말 큰 문제는 글자 I의 그림자 아래에서는 모든 것이 안개처럼 형태가 사라진다는 겁니다. 그것은 나무인가요? 아니, 그것은 여자입니다.

그러나… 그녀의 몸속에는 뼈가 하나도 없다고, 피비를 보면서 생각했어요. 해변을 가로질러 다가오는 그녀의 이름은 피비였기 때문입니다. 그러자 앨런이 일어났고 앨런의 그림자가 순식간에 피비의 흔적을 지워버렸어요. 앨런에게는 그만의 견해가 있었고 피비는 그 견해의 홍수 속에 잠겨버렸기 때문이에요. 앨런에게는 욕망이 있다고, 생각했어요. 그리고 책장을 연달아 아주 빨리 넘겼죠. 위기가 닥쳐온다고 느꼈기 때문인데 정말 그랬어요.

그 일은 태양 아래 해변에서 일어났죠. 아주 공공연하게 그리고 격렬하게 일어났어요. 이보다 더 외설적인 일은 없을 것 같았어요. 그러나… 나는 '그러나'를 너무 자주 쓴 것 같아요. 계속 '그러나'라고만 할 순 없잖아요. 어떻게든 문장을 끝맺어야 한다고, 나 자신을 나무랐어요. '그러나 너무 지겨워!'라고 끝맺으면 어떨까요? 나는 왜 지겨워진 걸까요? 부분적으로는 글자 I의 지배적인 경향과 거대한 너도밤나무처럼 그림자를 드리우는 것만 같은 무미건조함 때문이겠죠. 그곳에선 아무것도 자라나지 못할 거예요. 좀 더 모호한 이유가 있을지도 몰라요.

A씨의 마음에는 창조적 기운의 샘을 막아버리고 좁은 한계 안에 머물게 하는 장애물이 있는 것 같았어요. 옥스브리지의 정찬과 재떨이와 맹크스고양이 그리고 테니슨과 크리스티나 로제티를 한꺼번에 기억해내자 그런 장애물이 존재하는 게 가능한 일로 보였어요. 피비가 해변을 가로질러 걸을 때 이제 그는 더 이상 "아름다운 눈물이 떨어지네. 대문가의 시계꽃으로부터"라고 낮게 읊조리지 않으며, 피비 역시 더 이상 "나의 마음은 노래하는 새와 같아. 그 새의 둥지는 물오른 나뭇가지에 있지"라고 화답하지 않지요. 그러니 앨런이 다가갔을 때 무엇을 할 수 있을까요?

대낮처럼 솔직하고 태양처럼 논리적인 그가 할 수 있는 일은 딱 한 가지예요. 그의 편에서 공정하게 말하자면, 그는 반복해서(나는 책장을 넘기며 말했어요) 그렇게 했죠. 솔직한 고백이 심하게 들릴 수도 있겠지만, 그런 면이 지루했어요. 셰익스피어의 작품에서 외설적인 부분은 마음속의 수천 가지 생각을 송두리째 빼앗아버려 지루할 새가 없죠. 다만 셰익스피어는 재미로 쓴 데 반해 A씨는 보모들의 말대로 일부러 쓴 거죠. 항의하기 위해 그렇게 한 거예요.

그는 자신의 우월함을 주장함으로써 성 평등에 항의하는 겁니다. 그래서 그는 방해받고, 억제되고, 남의 시선을 의식하게 된 거죠. 셰익스피어가 클러프와 데이비스 양*을 알았다면 그 역시 그렇게 됐을 거예요. 여성운동이 19세기가 아닌 16세기에 시작됐다면 엘리자베스 시대의 문학은 상당히 달라졌을 겁니다.

마음에 양면이 있다는 이론이 유효하다면, 결국 남성성이 자의식을 갖게 됐다는 결론에 이릅니다. 남성은 이제 뇌의 남성적인 면만을 활용해서 글을 쓴다는 겁니다. 그런 글을 여성들이 읽는다면 실수입니다. 여자들은 결코 찾을 수 없는 것을 찾으려고 할 테니까요. 대부분의 사람이 놓치는 게 연상의 힘이라고, 비평가 B씨의 책을 뽑아들고 읽으며 생각했어요. 그리

* 클러프Anne Jemima Clough, 1820~1892는 여성의 참정권과 고등 교육을 지지했으며 뉴넘대학 초대 총장을 역임했다. 데이비스Sarah Emily Davies, 1830~1921는 케임브리지 최초의 여자 대학인 거턴대학의 공동설립자다.

고 그의 시 기법에 대한 논평을 아주 신중하고 충실하게 읽었습니다.

그의 글은 재기 넘치고 예리하며 학식이 가득했지만 그의 감정이 더 이상 소통되지 않는다는 게 문제였어요. 그의 마음은 각기 다른 방들에 분리된 것 같았고, 어떠한 소리도 다른 방으로 전달되지 않았죠. 그래서 B씨의 문장을 마음에 품으면 그대로 땅에 툭 떨어져 죽어버리지요. 반면 콜리지의 문장을 마음에 품으면 폭발하며 수많은 유형의 생각이 탄생합니다. 그런 글만이 영원한 생명의 비밀을 가졌다고 말할 수 있습니다.

이유가 무엇이 됐든 이건 정말 한탄해야 할 일입니다. (나는 골즈워디와 키플링 씨*의 책이 꽂혀 있는 자리에 와 있었어요) 현존하는 최고 작가들의 걸작 중 일부를 알아보지 못할 수도 있기 때문이에요. 여자는 어떻게 해도 비평가들이 그 작품 속에 있다고 장담한 영원한 생명의 샘을 찾지 못할 거예요. 그런

* 골즈워디John Galsworthy, 1867~1933는 영국의 소설가이자 극작가다. 키플링Joseph Rudyard Kipling, 1865~1936은 『정글북』을 비롯해 많은 단편을 쓴 작가다.

글들이 남성의 미덕을 찬양하고, 남성의 가치를 강요하고, 남성의 세계를 묘사해서만이 아니라 이런 책에 스며든 감정들을 여성은 이해할 수 없기 때문입니다.

책이 끝나기 훨씬 전부터 사람들은 그것이 다가온다고, 모여든다고, 그것이 머리 위에서 터져버릴 거라고 말하기 시작합니다. 그 그림은 늙은 졸리언**의 머리 위에 떨어질 것이고, 그는 그 충격으로 죽고 말 것이며, 늙은 서기는 두세 단어의 부고를 내고, 템스 강의 모든 백조는 입을 모아 노래할 거예요. 하지만 그런 일이 일어나기 전에 우린 급히 도망가 구스베리 덤불 속으로 숨어버릴 겁니다. 남성에게 너무나 깊고, 너무나 미묘하고, 너무나 상징적인 감정이라 해도 여성은 의아함을 품을 뿐이니까요.

따라서 등을 돌린 키플링 씨의 장교들, **씨를 뿌리는 사람들**, 혼자 자기 일을 하는 그의 **남자들** 그리고 **깃발**…. 우리는 이 진한 글자들만 보고도 남자들만의 잔치를 엿보다가 걸린 것처럼 얼굴을 붉힙니다. 사실 골즈워디 씨나 키플링 씨에게는 번뜩이는 여성의 재

** 졸리언은 골즈워디의 소설 『포사이트가 이야기』에 나오는 인물이다.

기가 없습니다. 그들의 자질이 여성에게는 상스럽고 치기 어린 것으로 보이는 이유죠. 그들에겐 연상의 힘이 없어요. 책에 연상의 힘이 결여되면 그 내용이 마음의 표면에 세게 와닿는다고 해도 그 안으로 스며들진 못하죠.

마음이 진정되지 않고 여전히 들썩이는 기분으로 책을 뽑아들었다가 펼치지도 않고 도로 꽂아놓으며, 교수들의 편지(월터 롤리 경*의 편지를 예로 들어보죠)가 예언하고 이탈리아의 지도자들이 이미 보여준 지극히 자의식 강한 남성성의 시대를 상상해보았어요. 로마에 가면 노골적으로 드러나는 남성성이 마음에 강한 인상을 남길 수밖에 없어요. 한 나라에서 노골적인 남성성의 가치를 차치하더라도 그것이 시의 기법에 주는 영향에는 의문을 품어볼 수 있겠죠.

신문을 보면 이탈리아에서도 픽션에 대한 우려가 있다고 해요**. '이탈리아 소설의 발전'을 목적으

* 월터 롤리Walter Raleigh, 1552~1618는 영국의 군인이자 탐험가이며 시인이다.
** 『자기만의 방』이 출간된 1928년에 이탈리아는 무솔리니와 파시스트당의 지배 아래 있었다. 그들은 당의 노선에 반한다고 여겨지는 언론, 영화계, 문학계의 모든 내용을 검열했다.

로 학술위원들의 학회가 열리기도 했죠. '명문가 인사 혹은 금융계나 산업계 인사 혹은 파시스트'가 어느 날 모두 모여 그 문제를 논의한 뒤 '파시스트 시대가 곧 주목할 만한 시인을 탄생시킬 것'이라는 희망을 담은 엽서를 총통에게 보내기도 했죠.

그 야심 찬 희망에 기대를 걸어보는 건 자유겠으나 시가 인큐베이터 밖으로 나와 빛을 볼 수나 있을지 의심스럽네요. 시는 아버지뿐만 아니라 어머니도 필요합니다. 걱정스럽게도 파시스트의 시는 유리병 속에 담겨 어느 도시의 박물관에 진열된 낙태한 태아의 끔찍한 모습이 되지 않을까 싶습니다. 그런 괴물은 오래 살기 힘들다고 하죠. 그런 기형적인 존재가 들판에서 풀을 뜯는 모습은 본 적이 없어요. 몸 하나에 머리가 둘 달린 생명은 오래 살지 못합니다.

이 모든 걸 누군가의 탓으로 돌리고 싶다고 해도 무조건 한쪽 성만 탓할 수는 없습니다. 그랜빌 경에게 거짓말을 한 레이디 베스버러와 그레그 씨에게 진실을 얘기한 데이비스 양처럼 유혹과 개혁에 앞장선 모든 이에게 책임이 있습니다. 성을 의식하는 상태를 초래한 모든 사람에게 책임이 있어요. 바로 그 사람들 때문에 책에 나의 역량을 쏟고 싶을 때면 데이비스 양이나 클러프 양이 태어나기 이전, 그러니까 작가들이 마음의 양면을 동등하게 활용했던 그 행복한 시기의 책을 찾는답니다.

그러자면 셰익스피어에게로 돌아가야 합니다. 셰익스피어는 양성적이었기 때문이죠. 키츠와 스턴, 쿠퍼와 램 그리고 콜리지도 양성적이었습니다. 셸리는 무성이었는지도 모릅니다. 밀턴과 벤 존슨은 남성적인 경향이 과도했고, 워즈워스와 톨스토이 역시 마찬가지였어요. 프루스트는 전적으로 양성적이었어요. 여성적인 면이 좀 더 두드러졌던 것 같기도 해요.

하지만 그런 흠은 워낙 드물기도 하고 불평할 거리는 아닙니다. 양성이 조금이라도 섞이지 않으면 지적 능력만 두드러지고 마음의 다른 능력들은 굳어버려 척박해지니까요. 그러나 이 모든 게 그냥 지나가는 현상에 불과할지 모른다고 생각하며, 나 자신을 위로했어요. 내 생각의 흐름을 들려주겠다는 약속을 지키기 위해 내가 한 말의 대부분은 시대에 뒤떨어져 보일지도 모르고, 내 눈 속의 불꽃도 아직 성년이 되지 않은 학생들에게는 미심쩍게 들릴 수 있을 거예요.

설령 그렇다고 해도 내가 여기에 적을 첫 번째 문장은 "자신의 성을 고찰하기 위해 글을 쓰는 것은 누구에게나 치명적이다"라고, 책상으로 다가가 여성과 픽션이라는 제목이 적힌 종이를 집어올리며 말했어요. 그야말로 오로지 남성이거나 여성이기만 한 것은 치명적입니다. 남성적인 여성 혹은 여성적인 남성이 되어야만 해요. 자신의 고충을 조금이라도 강조한다거나, 아무리 정당한 것일지라도 변명을 한다거나, 여성임을 의식하며 말하는 것은 여성에게 치명적입니다.

치명적이라고 한 것은 비유적 표현이 아니에요. 의식적인 편견으로 쓴 글은 결국 죽어버리니까요. 그런 글은 풍요로워질 수 없어요. 하루 이틀 정도는 훌륭하고 효과적이며 강력한 거장의 글처럼 느껴질 수도 있지만 해 질 녘이면 시들게 돼 있죠. 사람들의 마음에서 자라날 수 없어요. 창조의 예술은 마음속에서 여성과 남성이 협력할 때 성취될 수 있어요. 정반대 성끼리 결혼으로 맺어져야 하죠.

작가가 그의 경험을 충실하고 완벽하게 소통한다는 느낌을 주려면 마음을 활짝 열고 있어야 합니다. 자유도 있어야 하고 평화도 있어야 해요. 바퀴가 삐걱거려서도 안 되고 불빛이 깜박여서도 안 됩니다. 커튼도 닫혀 있어야 해요. 작가는 어떤 경험을 하고 나면 어둠 속에 누워서 그의 마음이 그런 결합의 의식을 치를 수 있도록 해야 한다고 생각합니다. 그때 일어나는 일을 들여다보거나 의문을 품어서는 안 돼요. 차라리 장미 꽃잎을 뜯어내거나 백조가 고요히 강 위를 떠다니는 모습을 지켜보는 편이 나아요.

나는 배와 대학생과 낙엽을 싣고 흘러가는 물결을 바라봤어요. 남자와 여자가 함께 길을 건너오는 것을 본 택시는 그들을 태웠다고, 그리고 물살이 그들을 엄청난 물줄기 속으로 휩쓸어 갔다고, 저 멀리서 런던의 시끄러운 자동차 소리를 들으며 생각했습니다.

여기에서 메리 베튼은 이야기를 멈췄습니다. 그녀는 픽션이나 시를 쓰려면 1년에 5백 파운드와 자물쇠가 달린 자기만의 방이 있어야 한다는 결론(세속적인 결론이죠)에 이른 과정을 이야기했죠. 그녀는 이런 결론으로 자신을 이끈 생각과 느낌을 고스란히 표현하기 위해 노력했죠. 그녀는 대학 관리인과 맞닥뜨리고, 여기서 점심을 먹고, 저기서 저녁을 먹고, 대영박물관에서 그림을 그리고, 책장에서 책을 뽑아들고, 창밖을 내다볼 때 여러분도 함께 따라다녀 달라고 부탁했죠. 그녀가 이 모든 것을 할 때 여러분은 분명 그녀의 결점과 약점을 관찰했을 테고, 그녀의 생각에 이런 것들이 어떤 영향을 미쳤을지 판단했을 거예요.

여러분은 그녀에게 반박하기도 하고 여러분의 기호대로 어떤 것은 보충하고 어떤 것은 빼기도 했겠죠. 그래야 마땅한 일이겠죠. 이런 문제에서 진실은 다양한 오류를 모아 비교함으로써만 알 수 있기 때문이에요. 나는 이제 너무나도 분명해서 도저히 놓칠 수 없는 두 가지 비평을 예상하며 이 글을 끝내려 합니다.

여러분은 작가로서 각각의 성이 갖는 상대적인 장점에 대해 내가 어떠한 의견도 제시하지 않았다는 점을 지적할 수도 있을 겁니다. 일부러 그런 거였어요. 그런 평가를 할 만한 시기가 왔다고 해도(지금 당장은 여성이 얼마나 많은 돈과 얼마나 여러 개의 방을 가질 수 있는지 알아보는 게 그들의 능력에 대한 이론을 제시하는 것보다 훨씬 더 중요합니다) 재능이나 마음, 성격이 설탕이나 버터처럼 무게를 달 수 있는 게 아니라고 생각하기 때문입니다. 사람들을 등급별로 분리하고, 머리에 사각모를 씌우고, 이름 뒤에 알파벳으로 점수를 매기는 데 능숙한 케임브리지에서조차 불가능한 일입니다.

나는 『휘태커 연감』의 서열표가 인간의 궁극적인 가치 순서를 대변한다고 믿지 않으며, 연회에서 바스 훈장*을 받은 기사가 정신병자 담당 관리** 뒤에 입장해야 한다는 논리에 타당한 이유가 있다고도 생각하지 않습니다. 성별 간의 경쟁과 자질에 따른 경쟁, 자신의 우월함과 상대의 무능함을 주장하는 이런 모든 행위는 아직도 '편 가르기'가 존재하는 사립 학교

*바스 훈장은 영국의 기사단 훈장으로 조지 1세에 의해 1725년 5월 18일에 제정되었다. 훈장의 이름은 기사가 임명되기 전날 사람들이 밤을 새우며 단식과 기도와 목욕bath을 했던 옛날의 의식에서 유래했다고 한다.

**정신병자 담당 관리는 대법관의 임명을 받아 정신병 신고를 심리하고 그 재산 관리에 관한 명령을 발표하는 일을 한다. 정신병원과 정신질환자들의 복지를 감독하기 위해 1845년에 제정된 정신병 관련 법률Lunacy Act에 의해 지정된 보직이다.

단계입니다. 이런 곳에서는 한쪽 편이 다른 편을 이겨야만 하고, 단상에 올라가 교장 선생님이 손수 건네는 화려한 상패를 받는 것이 지극히 중요하죠. 사람들이 성숙할수록 편 가르기도, 교장 선생님도, 화려한 상패도 더 이상 믿지 않지요.

책에 관련해서 장점을 나열한 꼬리표를 떨어지지 않게 단단히 붙여두는 것은 보통 어려운 일이 아닙니다. 현대 문학에 대한 비평이 그런 판단의 어려움을 여실히 증명해주지 않나요? '이 책은 위대하다' '이 책은 가치가 없다' 등 책을 두고도 의견이 갈립니다. 찬사나 비난 둘 다 아무 의미가 없기는 마찬가지죠. 남의 작품을 재단하는 것이 얼마나 즐거운 소일거리일지는 모르겠으나 그것만큼 무의미한 일도 없으며, 그런 비평가들의 결정에 복종하는 것만큼 비굴한 태도도 없습니다. 여러분이 쓰고 싶은 것을 쓴다면 다른 것은 중요하지 않아요. 그것의 가치가 수년 동안 이어질지, 몇 시간 만에 운을 다할지는 누구도 쉽게 단정할 수 없죠.

그러나 상패를 든 교장이나 소매 안에 막대자를 소

지한 교수의 뜻에 맞추느라 여러분 비전의 털끝 하나 혹은 그 빛깔의 명암이라도 희생한다면 가장 참담한 배반이 아닐 수 없습니다. 그에 비하면 인간에게 닥칠 수 있는 가장 큰 재앙이라는 재산이나 순결의 희생 정도는 아무것도 아니라고 생각합니다.

또 하나, 내가 너무 물질적인 것만 강조했다고 여러분이 이의를 제기할 수도 있을 거라 생각합니다. 상징적 표현의 넉넉한 여지를 고려할 때 1년에 5백 파운드라는 수입은 사색할 수 있는 힘을, 자물쇠가 있는 방은 혼자서 사색하는 힘을 의미합니다. 그래도 정신은 그 모든 걸 이겨내고 넘어서야 한다고, 위대한 시인 중에는 가난한 이들도 있었다고 말할지 모르겠습니다. 그렇다면 여러분의 문학 교수님 말씀을 인용해볼까 합니다. 아서 퀼러 쿠치 경은 시인 하나를 배출하는 데 필요한 게 무엇인지 저보다 잘 아는 분이죠. 그분은 이런 글을 썼습니다.*

지난 백 년간 이름을 남긴 가장 위대한 시인은 누구

* 『글쓰기의 기술』, 아서 퀼러 쿠치.

일까? 콜리지, 워즈워스, 바이런, 셸리, 랜더, 키츠, 테니슨, 브라우닝, 아놀드, 모리스, 로제티, 스윈번…. 이 정도면 충분할 것이다. 키츠, 브라우닝, 로제티를 제외하고는 모두 대학 출신이다. 이 셋 중에서 요절한 키츠는 유일하게 부유한 집안 출신이 아니었다. 조금은 잔인하게 들릴 수도 있고 슬픈 얘기이기도 하지만, 천재 시인은 바람이 어디로나 부는 것처럼 부자나 빈자에게서 동등하게 배출된다는 이론은 사실이 아니다. 이 열두 명의 시인 중 아홉 명이 대학 출신이란 것은 엄연한 사실이고, 그 사실은 이들이 어떤 방법으로든 영국에서 최고의 교육을 받았음을 의미한다.

여러분도 잘 알다시피 세 시인 중에서 브라우닝은 부유한 집안 출신이었고, 부유하지 않았다면 『사울』이나 『반지와 책』을 쓸 수 없었을 것이다. 부친의 사업이 번창하지 않았다면 러스킨이 『근대 화가론』을 쓰지 못했으리라는 것과 같은 얘기다. 로제티는 정기적인 개인 수입이 있었고 그림을 그려 팔기도 했다. 그러면 키츠 한 명이 남는데, 운명의 여신 아트로포스는 존 클레어를 정신병원에서 죽이고, 실망감을 달래기 위해 아편에 의지했던 제임스 톰슨을 아편 중독으로 죽인 것처럼 키츠도 젊은 나이에 데려가고 말았다.

우리는 이 끔찍한 사실들을 직시할 필요가 있다. 국가적으로 무척 불명예스러운 일이기는 하나, 우리 영연방의 어떤 결함으로 인해 지난 2백 년간 그리고 지금 이 시대에도 가난한 시인이 배출된다는 건 불가능한 일임이 분명하다. 지난 10년간 3백2십여 개의 초등학교를 지켜본 사람으로서 말하는 터, 우리가 입으로 아무리 민주주의를 지껄인다 해도 영국의 가난한 집 아이가 시인의 희망을 품는 것은 아테네 노예의 아들이 해방되어 위대한 작품을 쓸 수 있는 지적 자유를 얻는 것만큼이나 어려운 일이라는 게 이 나라의 실상이다.

이보다 더 요점을 분명하게 말하기는 어렵다고 생각합니다. "지난 2백 년간 그리고 지금 이 시대에도 가난한 시인이 배출된다는 건 거의 불가능한 일임이 분명하다. …영국의 가난한 집 아이가 시인의 희망을 품는 것은 아테네 노예의 아들이 해방되어 위대한 작품을 쓸 수 있는 지적 자유를 얻는 것만큼이나 어려운 일이라는 게 이 나라의 실상이다." 그렇습니다. 지적 자유는 물질적인 것에 달려 있어요. 시는 지적 자유에 달려 있고요. 여성은 언제나 가난했습니다. 단지 2백 년 동안만이 아니라 태초부터 그랬지요. 여성은 아테네 노예의 아들들보다도 지적 자유를 누리지 못했습니다. 그러므로 여성은 시를 쓸 가능성이 정말 희박했죠. 이것이 바로 내가 돈과 자기만의 방을 그토록 강조한 이유입니다.

제가 그토록 더 알고 싶어 하는 이름 모를 옛 여성들의 노고 덕분에 그리고 두 번의 전쟁 덕분에 폐해는 개선되고 있습니다. 하나의 전쟁은 플로렌스 나이팅게일을 집 안에서 끌어낸 크림전쟁이었고, 또 하나의 전쟁은 그로부터 60년 뒤 평범한 여성들의 문을 열어준 유럽전쟁*이었습니다. 두 전쟁이 아니었다면 여러분은 오늘밤 여기 앉아 있지 않을 것이고, 1년에 5백 파운드를 버는 기회는 지금도 여전히 드문 일이지만, 거의 없을 거예요.

여러분은 또 여성이 책을 쓰는 일에 왜 그토록 중요성을 부여하느냐고 반박할 수도 있을 겁니다. 많은

* 버지니아 울프가 여기서 언급한 '유럽전쟁'이란 제1차 세계대전(1914~1918)을 의미한다. 남자들이 전선에 나가 있는 동안 여성들은 전쟁 이전에 남성의 전유물이었던 많은 일을 맡아 했다.

노력이 드는 일이고, 이모를 살해할 상황이 생길 수도 있으며, 오찬 모임에 지각할 테고, 아주 좋은 동료들과 격렬한 논쟁을 일으킬 일이라고 얘기하면서 말이죠. 부분적으로는 나의 동기가 이기적이라는 걸 인정합니다. 교육받지 못한 대부분의 영국 여성들처럼 나는 독서를 좋아합니다. 그것도 아주 여러 권씩 읽기를 좋아하죠. 요즘은 독서 습관이 좀 단조로워졌어요. 역사책은 전쟁 얘기만 너무 많고 전기는 위대한 남성들의 얘기뿐이죠. 시는 점점 빈약해진다는 생각이 들어요. 그리고 픽션은…. 하지만 현대 소설 비평가로서 나의 부족한 부분을 너무 많이 드러냈다고 생각하기에 그에 대해선 더 이상 얘기하지 않으려고 합니다.

나는 여러분에게 모든 종류의 책을 써보라고 부탁하고 싶어요. 주제가 아무리 사소하거나 아무리 방대하다고 해도 절대 주저하지 말라고 말이지요. 나는 여러분이 수단과 방법을 가리지 않고, 여행하고, 빈둥거리고, 이 세상의 미래와 과거에 대해 사색하고, 책을 보며 꿈을 꾸고, 거리의 모퉁이를 거닐며 생각의 낚싯대를 강물 깊이 담글 수 있는 충분한 돈을 소유하길 바랍니다.

나는 여러분을 픽션에만 가둬두려는 게 아니에요. 여러분이 나(나와 비슷한 생각을 하는 사람은 정말 많아요)를 기쁘게 하고 싶다면 여행과 모험, 연구와 학문, 역사와 인물 그리고 비평과 철학, 과학에 관한 책을 쓰세요. 그렇게 하다 보면 분명 픽션을 쓰는 기술을 얻을 거예요. 책은 서로서로 영향을 주게 돼 있으니까요. 시와 철학을 아주 가까이하다 보면 픽션도 훨씬 발전할 거예요.

사포나 무라사키 부인*, 에밀리 브론테처럼 과거의 위대한 인물들을 떠올려보면 그녀들은 창시자일 뿐만 아니라 계승자이며, 여성들이 글쓰기를 자연스럽게 습관으로 만들었기 때문에 존재했음을 알 수 있습니다. 그러므로 시로 가는 서곡이라 할지라도 여러분의 그런 활동은 아주 귀중합니다.

다시 이 글을 읽으며 내 생각들을 비평하자니 나의

* 무라사키 부인의 이름은 무라사키 시키부이며 헤이안 시대 중기에 활동한 소설가이자 시인이다. 중류 귀족의 딸로 태어났으며 자신의 불행한 삶을 문학 작품에 투영했다.

동기가 전적으로 이기적이진 않다는 걸 깨달았어요. 여기에 언급한 긴 논평과 담론 속에는 일관된 확신(혹은 직감일 수도 있을까요?)이 있습니다. 좋은 책은 그만한 가치가 있으며, 좋은 작가는 그들이 다양한 타락의 면면을 드러낸다 할지라도 여전히 좋은 사람이라는 거예요. 따라서 여러분에게 더 많은 책을 쓰라고 부탁하는 건 여러분이 자기 자신과 더 넓은 의미에서 이 세상에 보탬이 되는 일을 하라고 권하는 것입니다. 이 직감 혹은 신념을 어떻게 정당화해야 할지 나도 잘 모르겠어요. 철학 용어는 대학 교육을 받지 못한 사람들을 기만하기 쉬우니까요.

'리얼리티'는 무엇을 의미하나요? 무척 불규칙하고 신뢰할 수 없는 것으로 보일 거예요. 먼지 나는 길에서 발견됐다가, 길거리의 신문지 조각에서 발견됐다가, 햇살 아래 수선화에서 발견되기도 하죠. 방 안에 모여 있는 사람들을 조명하기도 하고, 평범한 얘기를 마음에 새기게 하기도 합니다. 별빛 아래 집으로 걸어가는 사람을 압도하여 고요한 세계를 말 많은 세계보다 더 진정한 것으로 만들기도 합니다. 그랬다가 혼잡한 피커딜리의 북새통을 달리는 버스 안에 불쑥 나타나기도 하죠. 때로는 너무 머나먼 곳에 있어 우리가 그 본질을 식별해내기 어려운 형체 속에 머물기도 합니다.

하지만 리얼리티의 손길은 모든 걸 영원한 것으로 바로잡고, 만들어줍니다. 리얼리티는 시간이 하루의 허물을 벗어 산울타리로 던진 후에 남는 것, 시간이 지나간 뒤 우리의 사랑과 미움이 남기는 것입니다. 이제 작가들은 다른 사람들보다 리얼리티 속에서 살아갈 기회가 더 많다고 생각합니다.

그것을 찾아내고 수집하고 우리와 소통하는 것이 작가의 소임입니다. 『리어왕』이나 『엠마』나 『잃어버린 시간을 찾아서』를 읽고 그런 결론을 얻었어요. 이런 책들을 읽는 행위는 우리의 감각을 뿌옇게 가리던 백내장을 걷어내는 신기한 수술과 같아서 더 분명하게 볼 수 있고, 세상이 껍질을 벗고 더 강렬한 삶을 선사하는 것처럼 보이죠.

비현실적인 것과 싸우며 살아가는 사람들은 우리가 선망해야 하는 사람들이고, 알지도 못하고 관심도 없는 것에 뒤통수를 얻어맞는 사람들은 가여운 사람들입니다. 따라서 내가 여러분에게 돈을 벌고 자기만의 방을 가지라고 한 것은 리얼리티 속에서 살아가라는, 활기찬 삶을 살아가라는 부탁입니다. 이런 지식을 가르쳐서 알 수 있는 건지는 모르겠지만 여러분도 언젠가는 깨달을 거예요.

이쯤에서 얘기를 멈추고 싶지만, 모든 강연은 마무리가 있어야 하는 법이라는 관습이 신경 쓰이네요. 여러분도 동의하겠지만 여성 대상의 강연은 여러분을 칭송하는 기품 있는 얘기로 마무리돼야 하는 법이죠. 나는 여러분이 더 고매하고 더 영적인 존재가 돼야 한다는 책임을 기억하라고 간청해야겠죠. 나는 얼마나 많은 일이 여러분에게 달려 있으며, 여러분이 미래에 미칠 수 있는 영향이 얼마나 큰지 상기시켜야 마땅하겠죠. 그러나 이런 훈계는 남성들에게 맡겨도 별 탈이 없을 거라고 생각합니다. 남성들은 지금까지도 그래왔고 앞으로도 그런 얘기는 나보다 훨씬 더 유창하게 해낼 테니까요.

아무리 뒤져봐도 내 마음엔 다른 이들의 동반자가

되거나 동등한 위치에 서고, 더 좋은 세상을 만들겠다는 숭고한 감정이 없어요. 다른 무엇보다도 자기다워지는 게 훨씬 더 중요하다고 간단명료하게 말하는 나의 모습만 찾을 수 있을 뿐이지요. 고상하게 표현하는 법을 찾을 수만 있다면, 다른 이들에게 영향을 주겠다는 꿈 따위는 꾸지 말라고 외치고 싶어요. 모든 것을 그저 있는 그대로 생각하라고요.

신문이나 소설, 전기를 언뜻언뜻 읽다 보면 여성이 여성에게 얘기할 때는 굉장히 불쾌한 무언가를 몰래 숨기고 있어야 한다는 걸 상기하게 돼요. 여성은 여성에게 참 가혹합니다. 여성은 여성을 싫어하죠. 여성은…. 여러분은 이 단어에 신물이 나지 않나요? 나는 그렇다고 확실하게 말할 수 있어요. 여성이 여성들에게 읽어주는 강연문은 특히 불쾌한 무언가로 마무리돼야 한다는 사실을 우리, 인정하기로 해요.

하지만 어떻게 해야 할까요? 나는 무슨 생각을 할 수 있을까요? 사실을 말하자면 나는 여성을 좋아해요. 나는 인습을 벗어난 그들의 자유로움이 좋아요. 여성의 완벽함이 좋아요. 여성의 익명성이 좋아요. 나는…. 그렇지만 계속 이런 식으로 나가면 안 되겠죠. 저기 있는 저 찬장에(여러분은 그 안에 깨끗한 냅킨만 들어 있다고 말하겠죠) 아치볼드 보드킨 경*이 냅킨 사이에 숨어 있다면? 그렇다면 좀 더 단호한 어조로 말해야겠어요. 내가 앞에서 남성들의 경고와 비난을 충분히 전달했던가요?

오스카 브라우닝 씨가 여러분을 얼마나 낮게 평가하는지는 이미 말씀드렸습니다. 나폴레옹이 한때 여러분을 어떻게 생각했고 무솔리니가 지금 어떻게 생각하는지도 언급했죠. 여러분 중에 혹시라도 픽션을 갈망하는 분이 있을까 해서 여성의 한계를 대담하게 인식시켜준 비평가의 충고를 전해드리기도 했죠. X 교수의 말을 빌려 여성은 지적, 윤리적, 신체적으로 남성보다 열등하다는 그의 표현을 부각해서 얘기했어요. 굳이 찾아내지 않고 가만히 있어도 듣게 된 얘기들을 모두 전달했고, 이제 마지막 남은 경고 하나를 마저 전해드리려 합니다. 존 랭던 데이비스 씨는 이렇

*아치볼드 보드킨 경은 1920~1930년에 영국의 검찰국장을 지냈다. 본인이 '외설' 문학이라고 생각하는 작품은 출판을 강경하게 반대했는데, 래드클리프 홀의 동성애 소설 『고독의 우물』도 출간을 반대했다.

게 경고했어요. "아이를 더 갖고 싶어지지 않는 순간, 여성은 더 이상 꼭 필요한 존재가 아니다**." 여러분은 이 문장을 기록해두기 바랍니다.

어떻게 하면 여러분이 자신의 삶을 추구하도록 더 격려할 수 있을까요? 이제 이 강연의 마무리를 하려고 하니 주의를 집중해주기 바랍니다. 젊은 여성은, 그러니까 내 생각에 여러분은 부끄러울 정도로 무지합니다. 여러분은 그 어떤 중요한 발견도 해내지 못했어요. 여러분은 제국을 호령하거나 군대를 이끌고 전쟁에 나가지도 않았어요. 여러분은 셰익스피어의 희곡을 쓰지도 않았고, 야만적인 인종에게 문명의 혜택을 전하지도 않았죠. 여러분의 변명은 무엇인가요?

여러분은 무역과 사업과 사랑에 몰두하는 흑인, 백인, 황인종으로 가득 찬 이 지구의 거리와 광장과 숲을 가리키며 우리도 나름대로 바쁘게 살아왔다고 말할 거예요. 우리가 우리 일을 하지 않았다면 바다 위에는 배가 다니지 않았을 것이고 저 비옥한 땅은 사막이 됐을 거라고요. 우리는 아이를 낳아 예닐곱 살이

** 『여성사 개요』, 존 랭던 데이비스.

될 때까지 기르고 씻기고 가르쳤다고요. 통계에 따르면 현재 인구는 16억 2천3백만에 이르고, 얼마간 도움을 받은 걸 고려해도 그 많은 사람을 길러내는 데는 시간이 걸린다고 말하겠지요.

여러분의 말에도 일리가 있습니다. 그걸 부인하진 않아요. 다만 1866년부터는 영국에도 여자 대학이 적어도 두 곳이나 있었다는 사실을 상기하고 싶어요. 1880년부터는 기혼 여성도 법적으로 재산을 소유할 수 있게 됐지요. 지금부터 9년 전인 1919년에는 여성에게 투표권도 생기지 않았나요? 대부분의 직업이 여성에게도 기회의 문을 열어준 지 10년이 다 돼간다는 사실 역시 일깨워드리고 싶네요.

이 엄청난 혜택을 누려온 시간을 생각해본다면, 이런저런 방법으로 1년에 5백 파운드의 수입을 올리는 여성이 2천 명 정도 된다는 사실을 고려한다면, 기회와 훈련과 격려와 돈과 여유가 부족했다는 변명은 더 이상 효력이 없다는 데 동의할 거예요. 그뿐만 아니라 경제학자들은 세튼 부인이 아이를 너무 많이 낳았다고 지적합니다. 물론 계속해서 아이를 낳아야겠지만,

경제학자들의 말대로 둘이나 셋이면 족합니다. 열이나 열둘이 아니라요.

여러분이 얼마간의 시간과 책에서 얻은 지식(다른 방면의 지식은 충분히 습득했으니 여러분을 대학에 보낸 이유는 그간의 전형적인 교육을 탈피하기 위해서가 아닌가 해요)을 갖췄다면, 이제 아주 고되고 극도로 주목받지 못한 기나긴 삶의 새로운 단계에 올라서야 마땅합니다. 수천 개의 펜이 여러분이 무엇을 해야 하고 어떤 성과를 거둘지 제안해주기 위해 기다리고 있답니다. 나의 제안이 조금은 기상천외하다는 걸 인정하기 때문에 픽션의 형태로 말씀드리려고 해요.

나는 이 강연에서 셰익스피어에게 누이가 있다고 얘기했습니다. 하지만 그녀를 시드니 리 경*이 쓴 시인의 전기에서 찾아보지는 마세요. 그녀는 젊은 나이에 죽었고 애석하게도 글은 한 줄도 쓰지 않았어요. 그녀는 엘리펀트 앤드 캐슬 건너편, 지금은 정류장이 된 곳에 잠들었죠. 나는 결코 글을 쓴 적이 없으며 이

* 시드니 리 경1859~1926은 영국의 전기작가이자 비평가로서 버지니아 울프의 아버지 레슬리 스티븐과 함께 『영국 인명 사전』의 편집자로 일했다. 그가 『영국 인명 사전』에 쓴 글은 그의 윌리엄 셰익스피어 전기의 토대가 됐다.

제는 교차로에 잠든 이 시인이 여전히 살아 있다고 믿습니다. 그녀는 여러분과 내 안에 살아 있어요. 그리고 오늘밤 설거지하고 아이들을 재우느라 이 자리에 참석하지 못한 다른 많은 여성 안에 살아 있습니다.

그녀는 살아 있어요. 위대한 시인은 죽지 않기 때문이죠. 그들은 사라지지 않아요. 다만 육체를 갖춰 우리 곁에서 걸어다닐 기회를 엿보고 있을 뿐이지요. 그 기회를 그녀에게 줄 수 있는 건 여러분이에요.

우리가 백 년을 더 산다면(진정한 삶인 인류 공통의 삶을 얘기하는 것이지 제각기 따로 살아가는 별개의 삶을 말하는 게 아닙니다), 그리고 1년에 5백 파운드와 자기만의 방을 가질 수 있다면, 우리의 생각을 그대로 쓸 수 있는 자유와 용기를 갖춘다면, 우리가 평범한 거실에서 조금이라도 벗어나 서로서로의 관계뿐만이 아니라 리얼리티와 관련해서 세상을 보고, 하늘이든 나무든 그 모습을 있는 그대로 볼 수 있다면, 우리가 밀턴의 악령 너머까지 볼 수 있다면(사람이라면 누구나 시야가 가로막혀서는 안 되는 법이니까요), 우리가 누구의 어깨에도 의지할 수 없다는 사실을 직시하여(그것이 사실이니까요) 누구나 홀로 나아가야 하고 남자나 여자의 세계만이 아니라 리얼리티의 세계와 관계 맺는 것임을 깨달을 때, 그때 기회가 찾아올 거예요.

그리고 셰익스피어의 누이였던 죽은 시인은 그녀가 너무나 여러 번 저버렸던 육체에 깃들 겁니다. 그렇게 그녀의 선구자였던 이름 모를 사람들의 삶에서 생명을 얻어 새롭게 태어날 거예요. 그녀의 오빠가 그렇게 했던 것처럼 말이죠. 그녀의 입장에선 그런 준비도 없이, 우리의 노력도 없이, 그녀가 환생했을 때 자기의 시를 쓰고 살 수 있을 거란 확신도 없이 그녀가 다시 오는 것을 기대할 수는 없어요. 그건 불가능하기 때문이지요. 우리가 그녀를 위해 열심히 노력한다면, 비록 세상의 인정을 받지 못한 채 가난 속에서 기울이는 노력이라 할지라도 정녕 가치 있다고 말씀드리고 싶습니다.

버지니아 울프

Adeline Virginia Woolf, 1882~1941

20세기 초 영국의 실험적 모더니스트이다. 문학평론가이자 편집자, 사상가인 아버지에게 교육받으며 지적인 환경에서 자라났다. 1895년 어머니가 사망한 뒤 정신 질환 증세를 보이기 시작하였고, 1904년 아버지마저 사망하면서 증상이 악화되었다. 이후 언니, 오빠와 함께 런던 블룸스베리로 이사하였고 1905년부터 신문 등의 매체에 문예 비평과 에세이를 발표했다. 1912년 레너드 울프와 결혼하였으나 그 다음 해 자살을 기도했다. 1915년 첫 소설 『출항』을 펴낸 버지니아 울프는 1925년 인간 내면 심리를 그려내는 데 집중한 '의식의 흐름' 기법을 이용하여 『댈러웨이 부인』

을 집필했고 이후 『등대로』 등의 작품으로 모더니스트로서의 명성을 확립했다. 1929년에는 케임브리지대학 뉴넘 칼리지에서의 강연을 토대로 한 에세이 『자기만의 방』을 출판해 큰 반향을 불러일으켰다. 1939년 제2차 세계대전이 발발한 뒤 남편과 함께 런던을 떠나 우즈 강 근처 별장으로 거처를 옮겼으나 버지니아 울프의 증세는 좋아지지 않았고 결국 1941년 3월 28일 남편과 친언니에게 편지를 남기고 우즈 강으로 스스로 걸어 들어가 세상을 떠났다.

김현수

고려대학교 한문학과를 졸업하고 성균관대학교 번역대학원에서 문학석사 학위를 받았다. 글과 음악으로 소통하는 것이 좋아 라디오 작가로 일하기도 했다. 글밥아카데미 출판번역 과정을 수료했으며 지금은 언어 속에서 길을 내는 번역 일을 큰 기쁨으로 삼고 살고 있다. 옮긴 책으로는 『피터 래빗의 정원』 『미라클모닝』 『혼자라도 괜찮아』 『하우 투 폴 인 러브』 『왜 엄마는 나에게 아기를 낳으라고 했을까』 『악동 데릭의 기막힌 여름방학』 『엘리엇의 펫』 『식수 전쟁 2017』 『에너지 전쟁 2030』 『훌륭한 군인』 등이 있다.

자기만의 방

2017년 12월 4일 1판 1쇄 발행
2023년 2월 20일 3쇄 발행

지 은 이 버지니아 울프
옮 긴 이 김현수
발 행 인 이상영
편 집 장 서상민
편 집 인 이경은, 한성옥, 채지선
디 자 인 서상민, 전가람
마 케 팅 박진솔
교정·교열 노경수
펴 낸 곳 디자인이음
등 록 일 2009년 2월 4일:제300-2009-10호
주 소 서울시 종로구 효자동 62
전 화 02-723-2556
메 일 designeum@naver.com
blog.naver.com/designeum
instagram.com/design_eum

*잘못된 책은 바꾸어드립니다.